降临人世，

就是一个美好而幸运的赦免。

再渺小的你，

也应该在阳光的照耀下，

像一条河流，

奔流不息，

生长为自己欢喜的模样。

YANGGUANG SHANG DE HELIU

# 阳光上的河流

刘祥辉　著

黄河出版传媒集团
阳光出版社

**图书在版编目（CIP）数据**

阳光上的河流 / 刘祥辉著. -- 银川：阳光出版社，
2025. 4. -- ISBN 978-7-5525-7785-3

Ⅰ. I247.5

中国国家版本馆 CIP 数据核字第 20251P8R05 号

# 阳光上的河流

刘祥辉　著

责任编辑　杨　皎
封面设计　科鹏文化
责任印制　岳建宁

黄河出版传媒集团
阳　光　出　版　社　出版发行

| | |
|---|---|
| 地　　址 | 宁夏银川市北京东路 139 号出版大厦（750001） |
| 网　　址 | http：//ssp.yrpubm.com |
| 网上书店 | http：//shop129132959.taobao.com |
| 电子信箱 | yangguangchubanshe@163.com |
| 邮购电话 | 0951-5014139 |
| 经　　销 | 全国新华书店 |
| 印刷装订 | 四川科德彩色数码科技有限公司 |
| 印刷委托书号 | （宁）2500327 |

| | |
|---|---|
| 开　　本 | 880 mm×1230 mm　1/32 |
| 印　　张 | 6.5 |
| 字　　数 | 160 千字 |
| 版　　次 | 2025 年 4 月第 1 版 |
| 印　　次 | 2025 年 4 月第 1 次印刷 |
| 书　　号 | ISBN 978-7-5525-7785-3 |
| 定　　价 | 48.90 元 |

# 目录

# 军训

她停止嘤嘤哭泣。

抬起头来，眸子如玉。

淡淡地说："我是琉璃。琉璃的琉，琉璃的璃。"

"初一（3）班，展颜。"

展颜伸出右手，微微前倾，等待风穿过手指的缝隙。

为了这停留空中的热情，琉璃站起来，下了台阶，用九月的手掌，触到了来自世界另一头的温暖和感动。


"你想家？"

琉璃习惯性地点了头，心里想摇头，便止住了。

"我妈巴不得我住校，嫌我烦呢！"

"住校多好，有一大堆同学，还没有妈妈的婆婆嘴。"

展颜禁不住咯咯咯自顾自地笑着说开了。

"我上午就到了，学校真大，你去逛了没？呀呀呀，教学楼楼上楼下到处都一样，我差点儿迷了路！"

"这学校男生长得帅，女生也好漂亮，这也够我们养眼多时了。你说是不是？"

"我看见一个女模特教师，浑身白色，连帽子和鞋子都白成一片了，那裙子上的银片亮闪闪，把我的眼睛都差点儿亮瞎了。可惜，忘了看她的办公室在哪里？不然，以后天天可以看时装表演啦！"

"你以前来过银港没？知不知道有座来去美食城，天南海北的美食一网打尽。今天周三了，要不周末我们去尝一尝？"

琉璃看着眼前这个口若悬河的同龄女孩，暂时忘记了忧愁。

"妈呀，十一点半了，我们可以去食堂看看了，凭我多年挤食堂的经验，现在去正好，晚了人多，才难得去挤呢？民以食为天，没有什么大不了的事。"

"走，吃饭去。"

展颜弯腰挽了琉璃的胳膊，准备去食堂。

桫椤树铺展，把食堂的玻璃窗围得绿意盈盈。

找了个窗口，展颜把琉璃往前面推了推，琉璃有些不好意思地向后躲。

"你先来。"

"谁先谁后不一样，看看喜欢吃什么？"

红扑扑的油楞子，金晃晃的，琉璃早就知道，南方人的辣是一绝，也不知这辣有多辣，对于不吃辣的自己来说，变成了艰难抉择。

"同学，打啥子菜？"师傅的话里有一种久违的亲切。

吃什么，可是，喜欢的菜怎么一样都没有呢？不知道菜名，乱说会不会被别人耻笑。

琉璃站在窗口前，没了主意。

"琉璃，来这个青椒炒肉丝，不辣的；再打个肉末茄子，有味；加上凉拌莴笋，清爽！"

琉璃点点头，师傅三下五除二把盘子递了过来。

琉璃颤巍巍地端着盘子，好不容易找到了餐桌上自己的名字，刚坐下，展颜风一般啪地放了盘子，屁股已经挨上了对面的位置。

"你的座位……"

"我的窝子不在这，这时不是人很少吗？我一会儿就吃完了，别担心。"

噼里啪啦说完，展颜旋即盛了两碗汤晃悠悠地过来，握住勺子，吃将起来。

展颜右手刚舀了肉进嘴，左手已将骨头捏了半边在手里，一会儿丢在盘子边沿，嘴里吸溜着辣乎乎的气息，咕噜噜大口喝了汤，汗水冒泡似的在她的额头滑落。

琉璃递过去一张干纸巾和一张湿纸巾："擦下额头和嘴巴。"

展颜接过两张纸胡乱擦着，嘴里不停。琉璃被她的吃相逗笑了，忘记了被教导的礼仪："饭要一口一口细嚼慢咽，喝汤不要发出声音……"放开了吃，尽管完全不同于北方的味道，可这种辣的特别滋味像一汪高原清泉渗透心底。

看不见的辣在辣的感觉里冲出一片新天地。


回到寝室，不想睡午觉。

琉璃刷了牙，把牙刷和杯子里里外外洗了好几遍。又把上午穿过的鞋拿来，鞋底冲刷干净，洗脸帕被肥皂泡过了。

琉璃放过了水。

多出的时间没有放过琉璃。

对面的采儿似乎都呼呼大睡了。

斜躺在床上的蔚蓝正看着什么书，目光专注。

脚那面的宏曼在小床里先摆了个大字，又不停翻来覆去。

唯一的下铺空着时光，空出想象。

空调声仿佛汇聚了汽笛的轰鸣，在窗外白刺刺的光里震得人心碎满地。

知了在看不见的树梢上盯着未眠之人。


午起的铃声歌声响彻校园。

琉璃在旋转的摩天轮里，一直转啊转，所有的风景被甩得老远老远，她趴在玻璃边上，听见缝隙里有欢喜的声音。

采儿大喊："起床了，起床了！赶快收拾东西，下午四点要出发去军训基地。"

"着什么急，不是还有人没来吗？怕什么？"宏曼继续摆着大字，纹丝不动。

蔚蓝腾地跃起，哒哒哒走下木梯子。"你管得着别家的大爷吗？"说完，朝厕所去了。

见琉璃的床没动静，采儿踮起脚跟，掀开琉璃脸上的被子："琉璃，别睡了，起床，快点！"

琉璃沉重地爬起来，揉揉干涩的双眼，摸摸回到了学校的心。

突然记得下一个任务：军训。

从一个新到另一个新。

琉璃感觉到了三级跳。

"妈呀，你们真是着急，不就是衣服裤子洗漱品，还有被子吗？值得大家慌里慌张吗？又不是什么新鲜事？"

躺够了，宏曼终于趿拉着她的大兔子拖鞋，来来回回啪嗒啪

5

嗒，绵长厚重地响着。只见她拉过自己的超级大行李箱，哗啦啦拉开，把一周的衣服裤子一件件一团团往里甩，装完了，又哗啦啦拉上，潇洒地把拉杆箱往书桌旁一放了事。

采儿还要装几本暑假里没有看完的书，趁着军训看完了，谁知道正式开学后会忙成啥样子。

蔚蓝正蹲在书桌与她的箱子旁边，一边看记事本上的文字，一边对应箱子里的东西，整齐的字迹像一丝不苟的箱中之物。

蔚蓝一抬头，扑哧笑了。

琉璃收回自己的目光，不觉红了耳根，以为要被取笑了，却是别人。

"宏曼大爷，你穿拖鞋和睡衣出发吗？"

"拖鞋和睡衣，是世界上最高级、最阔绰、最休闲的别致服饰，绝对万里挑一，你说我有创意吧！"

"标致极了！教官想要忘记你都做不到！"采儿补一刀。

"你个死丫头，看我不撕烂你的嘴。"宏曼愤愤起了身，去抓采儿。

采儿反应机敏，已经往楼道跑去了。

不管如何花样整理，同学们几乎都拉一个拉杆箱，一个装被子的大袋子，背后背个大书包，鼓鼓地出发。

大巴如龙奔驰。

穿过城市的繁忙与拥挤，穿过郊外的河流与庄稼，车在一座陌生的军营前停下了。

熙熙攘攘。

"嘿，哥们儿，搭个手。"宏曼顺手朝旁边路过的一个男生求助。只见那男生亦是手拉、肩背、肩挎，只剩个右手出来空着，恰好被宏曼盯梢了。

"哥们儿？是你喊的？"那男生把身上的东西往地上一放，帽子一扔，上得前来，右手一钩，右脚一绊，宏曼被放倒在地。那男生顺势坐在宏曼身上，右手掌勒住了她的脖子。

千钧一发之际，只见一个矫捷的身影腾空而来，骑在宏曼身上的男生被踹了出去，倒在地上，额头鲜血直流。

人们把艰难的宏曼扶起来，宏曼好一阵回过气来，大哭。"真要了我的命，快断气了！"

"谁，这么大胆，敢踢老子！快，叫人来！"被踹的男生站在那里，任凭头上的血往外流，一边趾高气扬地大吼。

踹人的男生目不斜视，站在那里。等待。

人群瞬间里三层外三层把此处围了个水泄不通。

年级主任很快来了。

政教处主任来了。

军营里专管军训的负责人也来了。

打了一通电话，只管点头哈腰，他们疏散了人群。

琉璃看着他们远去的背影，才发觉右手手心被勒着红透了一大片，已经失去了知觉，把左手换给了右手。她想，一个人总要独自向前走。于是，给自己鼓了鼓气，继续追赶那些遥远又近在咫尺的影子，成为影子里的一员。

开班仪式在一片宽阔的场地上举行。

雄伟壮观的巨幅背景里，军人们肃穆的军姿让人羡慕、兴奋。

军营的首长和学校的领导轮番发言，琉璃站在队伍里，汗涔涔而下，上午也许就在这堆砌的话语里度过了。正胡思乱想着，人群的目光情不自禁毫不留情在 180 度转移。

军营入口处，突然来了几辆豪车，一个英俊戴着墨镜的中年男子优雅地从外面拉开了车门，小心护着车门顶上，车内走出一个亭亭玉立的女孩，金光闪闪。她朝队伍高傲地望了一眼，淡定地往学生营房走去，两个干练的女子拖车推着大包小包在她身后，也跟着绝尘而去。

"采儿，你说这大爷不会是咱们寝室没来的那位吧！"

宏曼好了伤疤忘了疼，用胳膊肘去碰采儿，想得到印证。采儿没有理她。班主任正从采儿身边经过。

趁老师没注意，宏曼又去撩蔚蓝的头发，"蔚蓝，蔚蓝，你猜刚才过去的娘们，是咱们寝室的吗？"

"谁知道，管他呢！"

琉璃的心有一丝莫名的沉重。

仪式上，正在分配每个班的教官。

那么，军训，真正来了！


琉璃班上被叫作二排。

好像和班级有点关系。

教官不高不矮、不胖不瘦、不黑不白、不苟言笑。他说话的声音不大不小，却有一种力量在空气中回荡。他站在那里，像一尊雕像。

下午的训练场，太阳在高处，十分热情。琉璃分不清谁是谁，全是迷彩服包裹的热浪，侵袭青春，那些活灵活现的跳蚤们，此刻，在每一种命令里像木偶人转动身子，机械而可爱。

军姿，很简单。

立正、稍息，向左转、向右转、向后转，正步走。

简单是它们本身的文字，可是每一个动作做到整齐划一，从教官的嘴唇里出来，传到每个同学的耳朵里，再变换成姿势，总有人慢半拍，谁又打到谁的手了，谁扑哧一声忍不住了，大家哈哈大笑起来。

"笑，就是活力和精神旺盛的象征，同志们，你们充满力量和斗志，很好，很好！"

教官说第二个"很好"时，声调有点异样，不像是雕像的板正，倒有点嬉皮士的诙谐。琉璃看见教官的眉间滑过一丝狡黠的微笑。

"同志们，军姿都学会了吧，对你们而言，就是小菜一碟，那么下面，我们来挑战新难度的动作吧！"

这不像是商量，这是直接的决定。琉璃看着来自采儿和宏曼的可疑眼神，正不知何意，教官已经交代规范动作的注意事项了。

"这个蹲姿就是……"

琉璃想，她们要向自己说什么呢？这实在是一个谜。有什么好说的吗？待会休息时不可以说吗？神神秘秘的干啥呢？

琉璃压根没有听清楚教官的话，教官说完了，只好依葫芦画瓢跟着其他同学放下重心，膝盖往前压了压，双手向前伸了伸。

"一分钟，倒计时 60 秒，60、59、58、57……"琉璃感到大腿有种被拉扯的感觉，教练的倒计时完全不像秒针的干净、迅速。他的零在遥远的树梢，还是在辽阔的星球。琉璃想坐下去了。

"坐下去的不算，就重来哦！"

看那场地上，有的排都躲进树荫下休息了，即使在训练的，耳边也只是一二一动态的变化。哪有这样折腾人的？琉璃快支撑不住了。

琉璃有点愤愤不平，这是温柔的惩罚。

"咚！"

琉璃被这突如其来的声音吓了一跳，真坐了下来。

她想，糟了！

糟了。全班同学惊呼，有人倒地了。

班主任、教官立刻朝倒下去的同学奔去，周围已围成了圈。两位热心的同学，一个背着，一个扶着，和班主任马不停蹄地朝医务室奔去。

"同学们，暂做休息！"

教官的声音有点干涩。

"你说，这教官会不会被处罚，刚才还那么得意扬扬，一会儿准蔫儿！"

"再说，这些教官，什么学生没遇到过，就像最高级的医生，什么病人都会遇到。"

"你知道倒下去的是谁吗？是咱班的大小姐，就是上午开豪车、司机加保姆送来的，这下可有戏看了。"

热议的话是溪水飞溅，燥热了场上看不见的尘土轻扬。

……

排队打饭其实没什么新鲜的，只是，排队时候还得保持军姿，不可以前后左右摇晃，致命的是不能讲话。

世界出奇安静了。

晚上的节目，听说是拉歌。

不过，吃了晚饭，终于可以回寝室躺平一会儿啦。

"啥？吴宗贝！这名字也太男性化了吧！他们家祖宗的宝贝？"宏曼偷偷告诉采儿最后来班上的那位同学的名字，采儿刷着牙喝着水喷得满地都是。

"姑奶奶，幸好军训没有和我们一起住！不知有多少幺蛾子！"蔚蓝坐在书桌前庆幸拍掌。

"听说，人家哪是什么中暑了，好端端地躺在被窝里听音乐，享受甜蜜的假期呢？"宏曼一边从床上坐起来，绘声绘色和盘托出从同学那里听来的故事，一边还模仿着吴宗贝的表情，"要不是老娘足智多谋，保全你们，我才懒得冒着牺牲自己年轻的生命来拯救你们这些可怜的花儿与少年们。"

"臭宏曼！哈哈哈！"采儿捂着自己的肚子，快蹲到地上了。

"那个架子，谁敢惹得起？还不躲得远远地。可怜的教官！"琉璃想。

"琉璃，琉璃，想啥呢，咋不说话？"宏曼望向沉默的琉璃。

"嗯，有点累。"琉璃乏乏地回应道。

"你个小傻瓜，你忘了军训时我们给你使眼色，其实就是想让你想想办法，比如来个中暑什么的，没想到让那个小妞抢去了。"宏曼紧追不舍。

"就是，你看你这小身板样，你一倒，合情合理！"蔚蓝翻着书的手也停下了。

"你们这些坏家伙，还嫌不够！"采儿骂道。

晚上的拉歌也是在训练场上，灯光明亮如昼。每个排围成一个圈，教官站在圈外，声音一如之前的穿透力，只是不见吴宗贝的身影。

教官先教大家唱军歌《团结就是力量》。一句一句唱，教官的歌声像手风琴。大家不一会就学会了。

后来，就是相邻的两个排拉歌，两个排像公鸡，两个教官像斗士，你来我往，豪情满怀。

大约是玩得太嗨了，二排的一个女生大喊要一排的一个男生出来表演。

一排的男生有的开始避开眼神，有的故意扭过头，短暂的沉寂，只见一个高高俊朗的男生站起来，走向大众中央。

"大家好，我是来自一排的宋名扬，下面给大家带来一段舞蹈。"

掌声四起。

他站定，五秒钟后，起势，展开的胳膊自由垂体般落下，斜上方弹起复又回落，双脚掌在地面肆意游移，有时单手着地，撑起整个身体，有时头顶在地面旋转，他自由掌控自己身体的每一个部分，同学们看得眼花缭乱。

掌声如潮。

宏曼看见帽檐下男生的脸，惊呆了。一顶帽子，差点儿认不出来了，这不是昨天帮自己的那个人吗？

"采儿，这个人我认识。"

"你认识？你们是小学同学？邻居？"

"昨天我们来营地，路上帮忙的，竟然是他。"

"你们也太有缘分了吧！"

"缘分？！"

"你个三八婆！"

宋名扬表演完了，却没有回到他原来的位置。他站在那里，像一个骄傲的王，多情夺目。他说道："让我们欢迎二排的一个女生来表演！"

细看了一眼宋名扬，琉璃呆了。

好熟悉的面孔。

她望着他，忘记了转动眼珠。

顿时，一排迸裂出火山般的呐喊声。

二排的女生莫名朝琉璃看着。

琉璃想缩回地里去，不知怎么却站了起来。

"我，我不会表演。"

其实，琉璃是专门学过舞蹈的，但此刻，她不想在众人面前出风头，尤其是这个如此像哥哥的陌生男生面前。

"我们一起吧！"展颜靠近琉璃，握住了琉璃的手，她附在琉璃耳旁说着什么。于是，两个女孩子重温了小学时光的歌。

周围的同学乐得是锅碗瓢盆掉一地。

夜幕深深，在他们青春的歌声里来临了。

晨曦柔亮，军歌清越。

只做了一天的军人，做事的速度渐增。安静排队，安静吃饭，少年们又像树一样，站成凝固而流动的队列。

琉璃纳闷了，对于夜夜皆梦的自己来说，昨夜无梦实在好奇。肯定是身体太累，可是先前也有比这累的日子，也是成串成串的梦啊。新的环境，听人说过水土不服，难道梦也不服水土？琉璃想举手蒙着嘴，笑，但继续军姿的动作不敢乱动。

突然，琉璃觉得一股自由涌动的泉水哗啦。琉璃心一惊。

今天才多久，竟然提前了一周，这水土不服的，琉璃有些慌乱了，又不敢动。

她清楚地知道，这前三天准是山涧的小溪，欢畅奔来。不敢过于运动，琉璃立刻把军衣用力往下拽了拽，幸好裤子是迷彩，不然真的无颜见人。

教官在全排走动，查看每个人的细微区别。琉璃小跑着出了列，往班主任身边走去。班主任是一个年轻的女教师，她会意琉璃的举动，把手提包上的外套系在琉璃腰间，细致地告诉她军营小卖部的位置。

队伍里有轻轻的笑声。

琉璃顺着手指的方向，急速跑了。

那一段路，其实并不明朗。琉璃的腰椎要被膨胀了，痛如浪涌。她不想慢下来，只好慢下来，撑在台阶边，一只手轻轻捶着背脊骨，想晕过去。

"同学，需要帮忙不？"

琉璃慌忙睁开眼，熟悉的脸闪入眼睑。"不，不用。"琉璃有点儿有气无力，努力提高了声音。

"你也是去医务室么，我也是。"

"不，不是。"琉璃敏锐地拒绝了。

"要不，我找个你们班上的人来帮你。"

"我自己能行。"

宋名扬若有所思地向前跑了。


下午，是内务整理。

琉璃松了口气。

"琉璃，你说这是血染的风采，军营里专门为你做的安排吗？"宏曼坐在桌旁头也不抬地戏说。

"跟着琉璃走，总是有甜头。"蔚蓝漱着口，吐完嘴里的水，吐出一句顺口溜。

"毒舌妇们，好好休息吧！"采儿往床上一躺，斜靠着床头准备看书。

琉璃看见，那是一本人物传记。封面上大大的美丽人头黑白照，优雅迷人的笑。琉璃也躺上床，可是肚子痛得无法入睡，腰也痛得怎么躺都痛。她记得上小学六年级的时候，有一次来例假，一个人坐在台阶上，天空都变作迷离的灰白，她痛得直不起腰来，干脆平躺在台阶上，闭上眼睛，偌大的校园，她想，要是就这样安静死去，该多好。似乎隐隐有鸟叫的声音，一只鸟，一只孤单的鸟，一群孤单的鸟成为一只孤单的鸟。

那声音后来越来越弱，兀自一个转身，雄壮、高昂，而后扑棱棱朝远处飞去了。

琉璃挣扎着坐了起来，已经看不清楚远方。

琉璃也突然想起上午的事。这世间真是奇怪，长得像的人有，怎么可能长得那么像呢？琉璃百思不得其解。

内务整理也被搬到了训练场。

每个人把自己的被子也搬到了训练场。大包小包，如雨后地上未开的蘑菇。

教官选取了一个包，先做示范。恰好拿到了琉璃的被子口袋，琉璃的心都要跳了出来。

教官的双手抓着被子，如战场的首长面临千军万马般镇定，他哗啦一展，被子如吃了定海神针，妥帖铺开。他蹲在地上，三等分的毫厘未差，弯曲、重叠，每一步虎虎生威，每一步恰到好处。有人说，叠军被就要叠成豆腐块，豆腐块哪能和军被相比，柔软的棉花在女生的手里柳絮飞扬，在教官的手里坚毅如钢。

军被，一定是藏了军魂，那也许是通往成功战场之路的小小崛起。

琉璃从未见过如此方正挺拔的被子。不由得向往了。

"向教官，你那是炸药包！"猴子样的敏捷抓住了话题，脸上笑得跟猴屁股一样。

"草包。"吴宗贝在心里暗笑。

"铺平，不重叠！"教官大声喊着注意事项，所有同学埋头开始叠。

"三分之一处对折，整平。另一个三分之一叠过来。"他观望着进度，让同学有步骤可寻，有方法可依。

"以大拱形为中线，把另一半被子……"教官的话语潺潺。

第二轮为分组比赛。

琉璃看得真切，记在心间，不断重复着过程，她在心里给自己鼓励。

"琉璃、吴宗贝一组。"琉璃惊了一下，莫名的。

比赛开始，尽管有些颤抖，琉璃尽量不让别人看出来。蹲着、俯身、站起，琉璃忘记了周围的声响……当她示意自己完成时，响起了热情的掌声。教官判定琉璃胜出。琉璃有点兴奋，可是，她突然看见吴宗贝的脸，消失了愉悦的心情。


一片包的地。一片欢乐的叽叽喳喳。

"妈妈的手提包。"

"爸爸的钱包。"

"云朵的面包。"

"一群傻老包。"

……

如果让他们组词比赛，得到海枯石烂。伶牙俐齿的少年，心思难猜的少年。琉璃听他们的绚烂思维，盼着军训快快结束。也许，学校会更好，她也不知道。


野炊。

中午的午餐就是自己来做，这是谁的点子。每八个人一组，除了同寝室的采儿、蔚蓝、宏曼，还有班上另外的同学也加入他们的野炊小组，敏捷、高原、文一二、姣娇，尽管一个班，也相识了几天，琉璃对他们其实并不熟悉，所以，也不知道接下来到底如何是好。

如果做过菜，就好了。仿佛流失的日子和油盐酱醋茶无关，和厨房无关，和生活无关。有哪一次值得留恋的餐，琉璃想了好久，从懂事起到幼儿园、在小学的岁月，甚至每一个寒暑假、重要的日子，饭菜也许仅仅是塞满嘴和喉咙，走向饱腹而已。

硬着头皮，去吧，琉璃握紧了手。

仍旧在军营里，那是一片开阔地，间隔不远有一方灶台，然后所属的择菜、洗菜、切菜地和一张桌子。麻雀虽小，五脏俱全啊。

采儿正在召集小组成员，了解、安排野炊工作。

"采儿，所谓人名如其才，我来拾柴火，怎么样？"敏捷自告奋勇。

"上树下河，这是你的功劳。好，这一件，你包干。"

"小胖他爸是鼎鼎有名的大厨，吃油烟也吃出了半个厨师，这炒菜的家什，全部交给他，准保险。"文一二口无遮拦地抖着胖子高原的家底。

"这个好，文一二，有特工潜质！那你洗个碗筷，看能不能洗出个花样来？"

文一二撇撇嘴，没有作声。

胖子长得白里透红，他爸爸的手艺绝对是被他吸收得最彻底。这时没有答话，脸像着了把他老爸铁锅里的火，红灿灿晕开来。

剩下的女生，全在观望。

姣娇看着自己的手指，从手腕到指尖，看了无数遍，还打了几个哈欠。

"我的女神们，你们盼望天上掉馅儿饼，还不动手、动个嘴什么的？蔚蓝，你来择菜。"

"那我的指甲怎么办？"

"怎么办，凉拌！宏曼帮她。"

"我也择菜，oh，my god！"

"还有琉璃和姣娇，你们商量下，谁洗菜，谁烧火？"

采儿安排完，自顾自在本子上记录什么。然后向教官跑去了。

"烧火，洗菜，这是我做的事吗？"姣娇看自己的鞋尖，又打了几个哈欠，漫不经心地说。

"我能全顾得过来？"琉璃在心里疑惑。

"琉璃，我帮你想了个办法，你先把菜全部洗好了，再烧火，刚好合适，我给你看着择好的菜。"

猴子敏捷早不见人影了。不久，满脸花地抱着一大抱树枝从东面的树林子走出来。

各处炊烟袅袅。人声喧喧。

胖子高原系了围裙，早忙开了。洗锅刷盆，摆好阵势，准备大显身手。

琉璃站在胖子身边，问哪些是需要先洗出来的菜。胖子把需要的食材一一捡进篮子里，帮琉璃提到水池边，跟着三下五除二洗干净了，提回来，放在台面上，再将肉类分门别类自己洗好，晾干待切，心里早已有了谱。

"哎哟哟，男女搭配，干活不累。我坐在旁边也嫌累啊！"姣娇在一旁伸伸懒腰，准备站起来。

胖子喊着猴子生火。

"生火，不是女生做？我一个大男生，生什么火，生气还差不多。"

"男人，得大度点，绅士点。"

"大肚，这里怎么能有大肚呢？要说肚子大，胖子，还是你肚大些！"文一二笑得直不起腰来。

蔚蓝和宏曼跟着哈哈大笑，手里也懒洋洋地动着。

琉璃赶紧擦干了双手，用打火机点燃了纸片，扔进灶台里，猴子把一沓纸片加进去，随后把小树枝送来，果然，灶膛渐渐热烈欢快了起来。琉璃的心感到了盛夏的热。

采儿回来了，看着这一片热气腾腾的和谐，这里帮着择青菜，那里站着削土豆，冷不丁顺手换给了姣娇。姣娇没回过神来，只好慢吞吞地用刀小心翼翼划着，生怕挨到了皮肤，流了血，还不时尖叫几声，索性也无大事。

胖子站在锅前，像一座小山。颠锅颠勺，抑扬顿挫。文一二的狗鼻子情不自禁凑来，还用手在勺子里抢了一口，烫得咂嘴，直言好吃。至此，文一二一副嬉皮笑脸的样子，任劳任怨地让胖子使唤。采儿风一般来回奔忙，端菜，不时附在其他女孩耳边说着什么，乐成一片。

胖子说，火，小点。琉璃就抽出一些枝条，灶膛里空了琉璃的心。胖子说，火，大点，琉璃于是快速往里填。灶膛的满充实了琉璃的乐。她暂时忘记了一切烦恼，真切体验了柴火从手里到灶膛燃烧的美妙和神奇。她还没见过柴灶呢？她的心和火苗一起熊熊燃烧。

饭是集体供应的，而桌上的菜各显神通，排列组合成美丽的几何图案，在那里诱惑味蕾。

远处的开饭声，近处的细嚼慢咽、狼吞虎咽声，声声动人。

圆的八仙桌，仙人各归其位。采儿、姣娇紧挨着，空了两个位置，蔚蓝、宏曼和她们对称，敏捷和文一二抢了相邻的两个，剩下的大厨和烧柴的灰姑娘只好坐剩下的，别无选择。

"大厨辛苦啦！"采儿夹着回锅肉往胖子碗里放去。

"我不吃肉，我吃素。"胖子谦虚，"我最喜欢吃麻婆豆腐，"仍旧把肉往嘴里送。

琉璃听胖子一说，尝了一块，麻得酥嫩，的确好味道。"我也喜欢吃豆腐！"琉璃真诚道出心中的想法。

噗！姣娇向前一扬，把饭喷了采儿一头，倒在了采儿肩上，手捂着肚子。

"真是天生一对！"宏曼不紧不慢往鸡肉里探筷子，皮笑肉不笑。

"坏人！"蔚蓝指着宏曼，把青菜填满了嘴。

"琉璃不烧火，你们都是野人！"猴子敏捷说，给琉璃挪了菜碗。

琉璃低了头，嚼着嘴里的菜，满腹滋味。

艺术课就轻松快活多了。

同学们三三两两一起画彩蛋，做陶泥。琉璃找了个僻静处，把彩蛋握在手里。要给蛋的世界增添颜色，琉璃有点无所适从。如果说蛋是一个天空，那就添上白的云和蓝的幕，太阳的红，月亮的洁。我是谁家的蛋，被遗忘在此处，琉璃想到这里，泪水在心里打转。

陶制转盘，是一个快速的时光机，把一堆堆一无用处的泥点化、雕刻、把玩、烧铸，出品了千姿百态的陶器。

有一个写着赠琉璃的小人，找不着赠送者，躺在琉璃怀里闪耀。

仿真枪很酷。

体验仿真枪劲道十足。

教官英姿飒爽。他手端枪杆，一边讲解武器知识，一边讲述中国人民解放军的英勇事迹。一听有真人 CS，个个热血沸腾。

练靶的时候，人人全神贯注。霸气的吴宗贝，傲娇的姣娇，滑头文一二，还有宏曼、蔚蓝，采儿不用说了，精气神十足地平视前方，找准目标，精确打出去。

教官赞叹："好枪法！"表扬得都有些飘了。

琉璃瞄着远处无生命的稻草人，那是没有生命的爸爸，或者妈妈，他们有心吗？他们的心在哪里？左上方，右上方？还是在身体看不见的地方，抑或他们就从来没有长过心！心，会疼吗？她看着稻草人的心脏，扣动了扳机。

教官为琉璃的表现鼓了掌。然后越来越多的掌声，又惊讶，更不可思议。人群里有小声议论的声音，清晰飘过琉璃的耳膜，"看不出来，蛮狠的！"

最后一个军营的夜晚，同学们都疲倦得想倒下呼呼大睡。想着明日的闭营仪式后就可以回校回家，大家又莫名兴奋起来。

兴奋才刚刚开始，通知又下来了，请全体同学到食堂。

"考验？"采儿大呼。

"受罚？"宏曼接过话题。

"夜晚的奖励？"蔚蓝做了美好想象。

"哪一个千年道行老妖的馊主意?"

琉璃的心怦怦直跳。

千余学生安静地坐在座位上,等待一场来临的命运。一会儿,班主任们匆匆赶来,抱了大袋大袋的袋子,哗啦啦撕开,原来是考试。一声声空中的长长叹息。

琉璃只好硬着头皮向前走。


闭营仪式在开营仪式的地方。

教官代表在总结,学校校长在总结。

那些冗长飘散的词语像秋日高阳,热情四溢,给少年们的细腻皮肤涂抹上了黑黝黝的光辉。只有一个人的色彩保持了初来的脸色,不一样,那个气焰嚣张的男生。竟然是琉璃班上的。

啊,混世魔王嘛。

在表彰优秀学员的环节,班级里,吴宗贝、采儿、敏捷、高原等一长串的名字后,琉璃听到了一个陌生的名字,后面却是自己的名字,才如梦初醒。

她和他们往台上走,硬邦邦的水泥地像红地毯上的柔软、滑腻,琉璃有些醉酒了。她站在台上,眼神迷离,当她寻找到她的教官,他正庄严站在班级位置的最前面,在她心里,铭记了一幅特别的靓丽风景。

这是军训的课堂,也是中学课堂的伊始,学到了很多,体悟了不寻常的故事,它将成为亲切的回忆。

她想,努力是值得的。这是自己的开始。

或许,还有其他的开始。

竞选

秋日的校园，有浓浓夏日的影子。

西边光芒在云层深处闪亮，东边的雨点三五颗洒下，喷泉喷洒的高处，突然升起了一座彩虹，所有的同学惊呼，大喊。

一个小男孩牵着妈妈的手，停止了脚步，他好奇地问："妈妈，彩虹可以吃吗？你也给我买个彩虹吧！我要回家画彩虹！"

琉璃仰着头，随着天真男孩的方向，看见那曾经被画在图画本上的风景，静静笑了。

她想对着天空喊，欢迎你！

她想对着彩虹喊，欢迎你！

彩虹，是最美的欢迎。

她多想醉在缤纷的世界里不自拔。

"琉璃，琉璃！"

背后传来热情急切的呼声，琉璃回过头，在同学的外围，一张圆圆的可爱的脸蛋再次出现了。

"展颜，好久不见！"

"好久不见，十分想念。你说军训的时候，咱们在一个军营里，竟然没有见过一次，奇怪不？"

"琉璃，你一点没变，还是那么白白的可怜模样儿！看我，我妈说，都黑成煤炭了，煤炭妹，哈哈哈！"

她们肩并肩，穿过绿藤、穿过大树，走进活力四射的少男少女的群里。

一进寝室，所有人都围在一起，黏得紧紧地不可分割。

琉璃把书包放在自己的书桌上，右手卸下了拉杆箱的沉重，才看见吴宗贝在中央，手里的东西光闪闪。"迪士尼公仔，我姨妈从美国给我寄过来的，每个人都有份，先到先得。"吴宗贝像个女王，挂着手上在那里晃悠，任她们挑选。

琉璃想，要不要拿人家的东西，都去拿了，我不去，是不是就明显和人拉开了距离，搞好同学关系的确很重要，可是，这要是拿了，会不会……

"哇哦，我在我妈手机上看了好久的东西，终于梦想成真！"

"看看，那可爱的笑脸，实在是太精致可爱了！"

"你姨妈好有眼光，也太懂我们的心啦！"

"小东西而已，不足挂齿。"吴宗贝慷慨地说。

宏曼直接拿走了大红色的，蔚蓝选了个蓝色的，采儿想了想，把紫色的挑走了。剩下的黑白在彼此对面张望。

"琉璃，你要哪个？我比较喜欢白色，那黑色给你吧。"

琉璃只好伸手接过来，说声"谢谢"！

琉璃不喜欢黑色。

黑，是漫长的夜。黑，是魔鬼的眼。

她看着大黑的眼睛，被牵住了神思。

"采儿，你还记得上周咱们的考试吗?"
"有什么问题吗?"
"有人说会根据成绩重新分班?"
"天啊，不会吧，我们不是还在一个寝室吗?"
"那我们今晚去班上，不就知道了!"
"好办法!"

她们四个手挽手朝班级里去。
琉璃落在最后。

六点过的教室已坐得满满当当。幸好都是见过的面孔。可见过有什么用呢?琉璃和谁熟悉?座位自由组合也坐得差不多。军训的一周，好些人找到了暂时的朋友，热络地聊着天，脸上笑容灿烂。有人在这喧嚣的场景里像是独处的安静，竟然能够专注地看书，那是一张干净的脸，浓密的短发，单薄的身体散发迷人的独有的气质。他是谁呢?

琉璃往空位走去，空位是两张挨着的桌子。当她前脚坐下，胖子高原气喘吁吁地跑进教室，只能在她身边坐下。旁边传来一阵哄笑。隐约还听见谁发出"豆腐西施"的声音。琉璃埋下了头。

斜下角的桌子，又见到了熟悉的可憎的脸，琉璃的心闪过一丝莫名的恐惧。

她不想记起他的名字，他的名字不断在她头中激活:张芜睛。

当她抬起头看窗外时，一片诱人的风景展现眼前。高大的槐树撑起了天空，琉璃的教室在二楼，也只能平视它的茁壮树干，它应该长过了这幢楼吧。它的右边是一棵挂满了沉甸甸果实的柚子树，柚子的香气扑鼻，胜过柚子花香，长长的暑假里，它不也拼命朝着自己的成长而去。右边环形的银杏树，正期待它传说的金黄飞舞。琉璃的心快活起来。

教室里突然静下来，有人喊起立，琉璃跟着腾地从板凳上站了起来。

"同学们好!"激昂中带着坚定，坚定中藏着关爱。

"老师，您好!"同学们一边喊，一边整齐地敬了个礼。

坐定，一阵沉默，班主任没有立即说话，而是把一个本子放在讲台桌子上，眼神扫过全场。凌厉又温柔，那是一双会穿透每个人心底的眼睛。

10秒，还是20秒，周围的声波似乎被追赶了，是天涯海角的角逐。

"我是你们的班主任。"随即在黑板的右上方龙飞凤舞地写下了：茨格格。

"教大家英语。"又在中文名的下面水一样流出美丽的英文字母。

还说大家都要给自己取一个英文名。

她眼神随时随着声音过处像有光闪过。

"前世的五百次回眸，换得今世的擦肩而过，所以，我们能够在千千万万的人群里相聚，并将走过三年，请大家珍惜我们的美好岁月……"虽然是教英语的，但班主任的话如轻快的小溪流过琉璃的心田，她和所有的同学一样，对老师充满了无限的期待、好奇。

班主任还说了许多动人的故事，润物细无声地简述了一个班级需要的素质和能力，需要每个人的努力、付出和坚守。

课堂的时光飞逝，窗外的灯光早已亮起。

但是，有个任务琉璃不知从何做起，茨格格说："我们会在接下来的时间里观察每一个同学，根据表现，来确定班委名单。"

晚间有秋意的凉，琉璃伏在窗边，仰望天空，只有天边灯光的红，没有星星，也没有月亮，天空拉开新的幕布。

生活老师催促着大家上床睡觉的声音在过道里起伏。

"凌晨六点半，老天，是不是有点早？"

"早，你见过凌晨四点的洛杉矶吗？"

"四点，起来打怪兽还差不多！"

"听，起床的歌声才是怪兽！"

寝室里哀怨声起。

大家极不情愿地从被子里爬出来。洗漱。

采儿突然想起来，"还要打扫卫生。琉璃，周一就你吧。"

琉璃有点不愿意，却只好点头答应了。

她们四人又手搭肩，推门，一一走了。

琉璃想，现在去吃早餐，恐怕人挤人，说不定，等会儿去人就少得多呢。于是，匆忙洗漱，按照军训的要求一丝不苟地从桌面到洗漱台到地面，清洁又整齐。一看表，七点十分。琉璃有些着急，赶紧计算去食堂、教室的时间。她冲出了寝室，一路小跑到食堂，果然人不多，没有人排队，她匆匆到窗口打了包子和鸡蛋，拿在手里边走边吃，尽管噎得慌，琉璃也顾不得了，又继续小跑，上楼，早自习的铃声踩得分秒不差，琉璃倒吸了一口气，刚一坐下，却坐了个空。

第一节课是语文。

语文老师也是个女教师。上课铃声还未结束，她噔噔噔的高跟鞋已快速走进教室。迎来一片哄笑声。

胖子高原反应还快，弯腰伸手去拉，不承想没把琉璃拉起来，反倒自己也坐到了地上。人群再次传出开心的哄笑。

"大家好，我是你们的语文老师，我的魅力有这么大，竟然倾倒两个人，笑倒了众人!"

教室里继续欢乐，她也爽朗地笑了，两个深深的酒窝如装满热情的酒酿。

她边说边笑边麻利地走到最后，把琉璃和高原一一牵了起来。

她轻声问："没事吧!"

"没事!"琉璃和高原异口同声。

"看来，同桌是需要有默契才能成为同桌!"

"那么，我们就来玩一个考验同桌默契的游戏。"她神秘地说。

同学目不转睛望着她，来了兴致，好像她那里有什么魔术。

有很多同桌举起了手，还伸得高高的。语文老师选择了一对安静举手的同桌。

琉璃发现，两个男生中的一个男生就是昨晚看见的在喧闹声中看书的。另一个也不知道名字。

那个男生背对着黑板来猜，而另一个男生则站在同学们的前方，游戏开始了，原来是你说我猜的游戏。大家来了劲，端正了坐姿，像看一场电影。看着多媒体上闪出的题目。

"同学们的第三怕，打一个人物名。"

"周树人。"

"这边出太阳，那边哗啦哗啦下，打一句诗。"

"东边日出西边雨!"

"古代传说中的鬼怪。指各种各样的坏人，打一个成语。"

"魑魅魍魉。"

……

完美的组合，精准的阐释，拍案的表现。

他俩在全班同学的敬佩中回归座位。

语文老师站在讲台中央，莞尔一笑。

"语文不仅仅是文学知识的集合，它更是我们一辈子心灵的支撑，获取幸福的能力。也许你们现在还不太能完全理解，也许将来再回味，更有意义……"

语文老师的课堂像一个美丽的童话，让人情不自禁走进去，她的语言更是一片魔力森林，让人留恋。半节课的时间，琉璃已经从感激里深深陷进去。

"对了，我叫舒义。大家叫我舒老师好了。"

"骗人的小儿科。"琉璃听到嘀咕声。

课堂结束的时候，舒老师的芳名在同学们心里起了涟漪。

大课间还没有去操场跑操，因为没有上体育课，还不知道怎么跑呢，所以暂时在各班教室自行安排。

茨格格在教室前门喊："年级的课本到了，在图书室，咱班同学去二十个人搬回来。"

采儿举了手，拉着宏曼，宏曼拉着前排的蔚蓝，蔚蓝把文一二拉着，文一二隔空喊着高原，高原竟然喊琉璃也去，琉璃就稀里糊涂加入领书的大军里，向图书馆出发。

教学楼像一座迷宫，到处的设计都一样，下楼拐弯，穿廊出亭，琉璃都快要迷糊了。好在有指引牌，更有同学带路，不然就要迷路在校园里。

图书馆真大，一眼望不到边，层层的书架上堆满了新的各类图书，这边阅览桌子上堆满了没有拆封的摞摞的书。老师忙碌地在地板上来回穿梭的急促声拉长了课下的时间。

琉璃按照顺序抱班上的书。老师低着头只管分书，没来得及看眼前的学生，只是把每个人该搬的书放在桌子上，学生一个个抱着就走。琉璃双手使足了劲，把书往怀里靠了靠。

同学们沿着银杏大道返回去，阳光真好，草丛里的文化石上写着"勤奋拼搏"的字样。呀，还真沉，是水，或者云朵就好了，琉璃咬紧了牙，慢慢往前走。

"你好！琉璃。"

背后传来一阵清香的风。

琉璃回头，额头刚好滴下几滴晶莹的汗水。

宋名扬也抱着书，轻松走上来。

"我帮你拿些吧，这书可是有分量。"说着，从琉璃书的拦腰接过，还细致地将一本书做了记号。

琉璃看着他，感激地说："谢谢你！"

"说什么谢谢，咱们的班级又离得近，顺手的事。"

琉璃果然觉得那书像水一样舒畅了。

"他们说你叫琉璃，名字真好听！"宋名扬的嘴角有丝甜甜的笑。

琉璃不好意思了。也不知说什么。跟着宋名扬的脚步。

"嗯，对了，军训时候冒昧打扰！后来的小泥人作为赔礼道歉之物，你喜欢吗？"

琉璃的脸热乎乎的，心也热乎乎的。

教室快到了。宋名扬把书还给了琉璃，琉璃又托了托，走进了教室。


书的重像生活的重，没人分担，重上加重，有人分担，举重若轻。正想着，文一二火急火燎地跑过来，"琉璃，刚才路上那个帅哥是几班的，和你说什么情话，那么开心啊？"

文一二口无遮拦，班上一下子炸开了锅。

琉璃红了眼，想哭。

"我说，你小子积点口德，男生和女生难道连话都不能说了，你是不是回到封建社会了。"高原坐了凳子，回敬了文一二。

"不是我们班的男生！"

"不是又能怎样，你还想拿锄头挖根不成。"

"胖子，你真无趣！"

众人又各自做各自的事去了。

采儿带了头，点了十个同学的名，把书全部分发完毕。

琉璃暂时把自己从上午领书的偶遇中放出来，她想，自己也没做什么亏心事，不怕被人说。

同时，琉璃也不想做什么班委。说起做班委成员，采儿绝对是一把好手。积极、热情、主动、创新。

琉璃不知道，关于班级班委的事，即将上演的一场没有硝烟的战争。

只是战争中，所有的子弹都瞄准了茨格格。

校长来查早自习不是什么新鲜事，但是那天，校长在茨格格班级的前门后门看过来看过去，同学们都在认真早读，视线全在书上，跟着老师读单词课文，完全没有感觉到校长的大驾光临，茨格格绕着班上转了几圈，余光在学生们的身上，她也没有留意教室外的风景和人物。

校长竟然没有走，静静地站在教室外面的走廊上等待，像是编织一个美丽的童话。早自习课的铃声响了一会，茨格格走出教室，校长喊住了她："茨老师，有空没，到我办公室想和你交流一下。"茨格格看见了校长，迎了过来。"好的，校长。我放下书就去。"校长还真是会找时间，今天除了早自习，课都安排在三四节课，茨格格心想。茨格格于是随着校长去了校长办公室。

她不知道，领导也可以查课表，做足了功课啊。

校长办公室在中央楼三楼的第六间办公室，说实话，教师去校长办公室，还是比较少的。茨格格好像之前来过，因为什么事情忘记了。今天不知道会是什么事。茨格格心理素质好，没有紧张，她想，应该不是什么坏事吧。平常自己都是尽班主任和老师的责任，校长应该另有其事吧，毕竟是一个学期的起始。

这样想着，走进了办公室，办公桌的上面挂了幅篆书"上善若水"的字画，像是出自名家之手。下面是一个大书柜，整整齐齐摆满了书，文学的似乎很少。桌上除了一台电脑、一个笔筒、一沓报纸和一个黑色封面的厚实笔记本，还有一尊骏马奔腾的摆件很显眼。

校长给茨格格倒茶，客气地请她落座沙发，自己也坐了对面的沙发。

茨格格继续纳闷，还端茶倒水的。茨格格把班上的同学想了个遍，没有发现什么异常，也并不知晓有谁和校长沾亲带故，至少先前是不曾知晓的。

校长其实是个风云人物，三十岁上下，就到了校长的职位，可不是等闲之辈。听说也是一线教师一步步干上去的。教物理，已是高级教师，有几把刷子，茨格格想。朴实的脸，睿智的眼神。

"开学工作千头万绪，班主任是最辛苦的。"校长首先肯定了班主任的工作。

"不辛苦，其实大家习惯了。"茨格格客气地回答。

"我以前也是一线教师，深知要做好班主任，又胜任教学的确需要教育的艺术。"校长更懂得说话的艺术。

"这个要感谢学校对于我们年轻教师的培养，尤其是师培的师徒结对和班主任的系统打造。"茨格格的话说到了校长的心坎上。

学校最近几年吸引了全国多少人来学习取经，主要就是学校的师培做得闻名全国，独具特色。不仅在全国各级的比赛中教师们表现惊艳，在外来学校教育局参观学习中学校老师们的随堂课也让他们赞不绝口。

"你们班学生整体感觉怎么样，都不错吧。"

"今年招的学生整体素质还可以，军训回来就更好了。"

"你们班有个张芜睛，还要麻烦茨老师多多关照！这个是局长亲自打电话来，麻烦班主任多给机会，让他锻炼锻炼。"

"哦，好的。校长。我会多留意的。"

"那就拜托茨老师了！"

虽然茨格格看起来年轻，但是，已经是教过三届的老班主任了，将近十年的班主任生涯和教龄在学校里算得上是有经验的优秀教师了。班委的组建，茨格格心里早有了谱。只要变动不是太大，都可以接受，这个来自校长的谦逊告知，局长的关系是不得不考虑的。

张芜睛，军训还没开始就惹出事来，是自己班上的学生，真是头痛。绝不简单。


琉璃在食堂给舒老师买了个鸡蛋，趁着语文第一节课，塞到了舒老师手里。

自从昨日的语文课后，琉璃有点儿爱上了语文老师和她的课。她觉得语文老师的身上有种什么魔力，让人快乐。

"谢谢丫头！"

舒老师的四个字让琉璃心里有说不尽的幸福。

吴宗贝不知道哪只眼睛就悄悄看到了琉璃的举动，撇了撇嘴。

整个语文课，琉璃都保持了最专注的神情，她觉得舒老师的声音像是来自白云深处，明澈、清脆。

琉璃把好心情保持了整个上午，吃了午饭轻松回寝室。走到门外，就听到里面宏曼大声说："一个鸡蛋，我的老天，看不出还会收买老师的心。"

"平常都沉默寡言的，有那么多花花肠子！"吴宗贝愤愤地说。

"那你们怎么没想到也去贿赂贿赂。苹果呀，零食呀，说不定老师们也喜欢呢！"蔚蓝给她们参考意见，哈哈大笑。

"我说你们啥好呢，不就是一个鸡蛋，有必要小题大做？"采儿劝大家。

"小题大做？"

"细节见人心！"

"也是真心、好心。"

"好心，哼哼，怕是好心背后的不好心啊！"

琉璃在门边都走不动了，但她不想立刻回寝室，那就索性去外面溜达一下吧。

琉璃穿过寝室旁边的绿阴大道，来到了操场上，有好多男生抓紧午睡前宝贵的时间打篮球，她坐在球场边沿，看着他们酣畅淋漓地抢球、接球、投篮。"如果是男生就好了。"她突然冒出这种想法来，吓了自己一跳。

"琉璃，你闲心颇好，来观球。"

那群男生里还真有班上的同学，原来是舒老师的得意弟子，董语灵。

琉璃苦笑了一下。

"吃了饭出来消消食，有益于午睡。"琉璃撒了个美丽的谎言。

"喜欢打球不？"

琉璃摇头。说起来，琉璃觉得董语灵给人十分文静的感觉，没想到也是运动场上的常客。看来，人都是有多面的。那自己有几面形象？沉默寡言？心机女？

"坐着，这消食的功能可是不太好吧。"

"跳一跳，十年少！"

董语灵还真幽默。琉璃想，本来就年少，再年少不就回到儿童时代了，不禁笑出声来。

"来吧。"

和男生打篮球，是不是又会被人说啊。管他的！琉璃加入了他们的团队，正好可以分作两队来打。董语灵、琉璃和另一个看起来非常矫健的男生一组，其余三个男生一组。琉璃总是抢不到球，也总是听到董语灵喊："琉璃，接球！"琉璃累得上气不接下气，虽然自己一介女生，但似乎对方并不占上风，董语灵和另外那个男生配合非常好，球也进得不错。

球场没有男女之分，只有队友和对手。

因为时间关系，打了一场，也就散了。琉璃之前的不快被抛到了九霄云外，午睡睡得格外香沉。

琉璃在去教室的路上，又碰到了班主任。琉璃好像觉得每个清晨和下午课前都要看到班主任，还有晚自习后睡觉前。班主任是学生身后的影子，又比那影子更亮更长。

琉璃很佩服班主任。她看到别的班每晚放学时候都排队回寝室，可是他们班却没有。一放了学，同学们三三两两说说笑笑走在回寝室的路上，路灯映照了他们活泼生气的脸，惹得旁边鱼贯而过的同学只有望着的份。

琉璃很享受路上的自由时光。晚风吹过转角，在楼梯换梯处回旋，流动，卷着发梢的凉，一起扔给那灯。灯光的亮像极了蒙娜丽莎的微笑，温暖。

琉璃计算着每一处时间的长度，品味着每一处时光的滋味。

学校就是家了。她可能慢慢就会爱上这里，因为同学和老师。

班主任茨格格的确很忙。就如校长说的，开学的工作千头万绪，而且还真是千头万绪。一会儿年级群又是什么表格统计的事宜；一会儿班主任群里又是什么会议的通知，还不得缺席；一会儿教导处又是什么检查了，当然还没算上常规的班级管理和自己的教学任务，班主任早就练就了孙悟空的本领，可以七十二变。

班主任还有一条不成文的规定，就是二十四小时开机。每一个学生每一个时刻的责任全在班主任的肩上、心上。没有强大的心理素质，是不能做班主任的。因为还有学生背后的家长。

果然，家长的电话就来了。

"茨老师好，打扰您啦！我是吴必才家长，孩子在班上让您费心啦。"

"吴必才妈妈好！教育孩子是我们老师该做的。"

"茨老师，吴必才最近表现还好吗？没给您添什么麻烦吧！"

"没有，没有。"

"茨老师，是这样的，我和孩子他爸想趁着刚开学和老师您见一面，给您说说孩子的情况，便于我们共同教育。您看您啥时候有空，我们约着见个面。"

有空，还真不好决定。"三到"，并且班主任要打卡签到，可不是闹着玩的，还得计入每个月班主任的考核。年级主任查、教导处查、办公室查，校长还时常要来来去去，这关关实在是没得空啊。备课，虽说是老教师，也得手写教案，还有听课笔记，教学反思；带徒弟指导；找学生谈话；开会；处理各类杂事；时间充实到每分每秒。要是被全校点名批评了，这一年的优秀评定就会泡汤。

茨格格对自己要求像对学生那样，时刻严格要求自己。

"吴必才妈妈，您看我们要不电话交流，也难得你们来回奔忙。"茨格格记得吴必才的爸妈是个体户，家庭住址是外省，这年头，做生意也挺累的，茨格格本着能不麻烦家长尽量不麻烦家长的原则拒绝了邀约。

"茨老师，其实，我们已经专程到了学校这边，就等您的时间了！"

话到这个份上，茨格格觉得再拒绝就有点打家长的脸，还是抽个午睡时间去见一见吧。可是，吴必才，这个淹没在班级里无声无息的小男生，的确给人没有什么印象。

按照吴必才妈妈发过来的地址，茨格格找到了一家五星级酒店，坐了电梯，来到了包间。其实就只有他们三个人，可是包间却格外低调奢华。吴必才妈妈热情地迎上去，又帮她抖抖椅子上的坐布，挪近了另一把椅子放包。吴必才爸爸也站在妻子旁边，满脸含笑招呼茨格格。他们也挨着茨格格的位置坐了下来。

"茨老师，真不好意思，占用您的宝贵时间了。"

"没事，真没事的。"

服务员一边送来了三杯茶，舒老师啜饮一小口，有种说不出的舒适味道。

"我们家必才吧，平常就是胆子比较小，有点内向，我们之前做点小生意，时间也比较忙，所以是他跟着爷爷奶奶的，我们管得很少，小学成绩也一直平平，能够到你们学校，我们一家人实在是太惊喜了。我们知道，娃娃的中学阶段尤其是初中特别重要，承上启下，所以，想恳请老师多费心，帮忙多锻炼锻炼他，成绩能够有所提升。"说着，吴必才妈妈招呼茨格格喝茶。

"那是应该的。"茨格格又喝了一口茶说道。

"不瞒你说，老师，我和他爸就是读书太少了，在生意中也会常常吃亏，所以希望我们家必才能够走得更高更远，不要吃我们父母吃过的苦。"

"放心，我们做老师的肯定会尽心尽力。你们肯定也知道我们学校的口碑很好，而且都是家长的口碑，不仅是省内，国内都是很出名的，这个你们可以放心。"

"是的，娃娃交给您，我们更放心。"

说着，吴必才妈妈向丈夫递了个眼色，吴必才爸爸出了门，一会儿又折回来，手上提了只衣架的钩，下面拖着一个大大的衣袋。

"茨老师，我们这次来，从心里充满感激之情，没能给你买什么礼物，只是给你擅自定制了一件衣服，我们从娃那里大致了解你的身高尺寸，也不知合适您的身材不？麻烦老师试试。"

"这个，必才妈妈，你们太费心了，太贵重了！"茨格格快速站起了身，急忙推让。

"老师，这也没什么，希望您喜欢。我们的确不知道您的喜好，只是给老师定制了件衣服，请老师谅解！"

"小小心意不成敬意，还望老师笑纳。"必才爸爸也真诚地说。

茨格格有点难为情，这种事情，平生还真是第一次遇到。

"老师，这是我们一家人诚挚的心意，真的不能代表什么。因为孩子奶奶认识一个巧匠，说来也是图了方便，老师不要嫌弃。"

无私、公平、奉献，才是老师的代名词。

看着茨格格犹豫着没有试穿的意思，必才妈妈的眼泪都要出来了。

"老师，我知道，这的确不能入您的眼。可能是我们太擅自主张了。"

话到此，茨格格也不好再推辞，于是开了口："谢谢你们的好意，那我先试试。"

必才爸爸把衣袋打开，衣服果然奢华。

衣服很沉，是秋装。茨格格直接在洗漱间穿上了，简洁大方，修身得体，有种说不出的合适、舒服。确实出自巧匠之手啊！

茨格格走出来，必才妈妈眼睛笑了。

"真好！"

茨格格吃完饭就回学校了。

茨格格举着衣架从校园经过的时候，琉璃正站在窗前往远方观望，她看见茨老师像高举着一面旗帜，庄严地走在前进的路上。

茨格格前脚还未进家门，电话后脚就追了上来："格儿啊，吃饭了吗？我是舅舅啊！"

"舅舅，您老好啊！您吃过晚饭了吧！"

"格儿，舅舅吃过啦！最近好吧！"

"好好好！舅舅，您是有什么事吧？"

"哈哈哈，还是我外甥女最懂我了。格儿啊，舅舅有个朋友的娃啊，在你班上，叫吴宗贝的，你要多多关照哦！"

"舅舅发话了，那是应该的。"

"那我就不打扰了，格儿慢慢忙，多注意身体哦！"

"谢谢舅舅！"

茨格格挂了电话，心情起伏。

秋高气爽。

其实秋老虎还稳稳坐镇，没有急着要走的意思。琉璃喜欢下课时候看天、看云、看树、看草，看一切生命的东西，似乎心也轻飘飘的，跟着挪移了。

"琉璃，外面有人找。"文一二伸着个鹅脖子大喊。

"谁?"

"一个帅哥!"和文一二靠在一起的敏捷神秘兮兮地说。

琉璃跑出去,看见宋名扬。

"有事吗?"

"没事。"

宋名扬附在琉璃的耳旁说:"今天下午的最后一节课,我们年级要进行安全大检查。除了牛奶和水果,其他零食不能带,尤其是方便面和大功率的吹风机……"

淡淡的发香直窜宋名扬鼻尖;口中的青春气息却在琉璃耳边奔腾。他们各自的心底仿佛看见了草原的辽阔和悠扬的牧歌。琉璃勉强记住了几个模糊的词语,忘了说谢谢,奔向教室去了。文一二咧开嘴得意地笑:"你们俩什么神奇的秘密,交头接耳,那么亲热!"

敏捷跟着不怀好意造势起哄。

果然,下午第四节课,各班的男女生每排一支队,队前就有一名老师跟着,学生站在寝室中间,一个学生一个学生地被查看。被子里、枕头下、床单下、书柜里、衣柜里,甚至拉杆箱也得打开。当然看得见的角落也不放过,门后、床下、洗漱间、厕所、天花板、管道周围。戴眼镜的老师睁大了双眼,生怕遗漏一袋方便面或者一件违规的东西。

同学们站在寝室门边敢怒不敢言,看着自己的美食被拿走,还要签上自己的班级和大名,简直就像是行刑台上的处罚,无声流血啊。

琉璃庆幸自己早得了风声,把方便面藏到了只有自己才找得到的角落,当然应该没有人知道的。

琉璃突然想到那面黑色的大旗,茨格格手里的暗示,算不算一次温馨的提示。黑色的寓言,心灵暴风雨的到来。琉璃想捂着嘴笑出声来，生怕被别人骂神经病。

吃晚餐的时候，琉璃又落了单，索性晚点去吃。琉璃刚坐下，班主任和语文老师也在旁边的位置坐下了。她们见了琉璃，都喊过去一起吃。琉璃极不情愿，又不好婉拒，只好端着餐盘走了过去。

语文老师看了琉璃的餐盘，打了一个荤菜一个素菜，连忙把自己的鸡腿夹了过去，说："娃娃长身体的时候，晚上还有晚自习，吃这么点怎么得行？"

"茨老师，你是班妈妈，你肯定看得比我清楚，琉璃在语文课堂挺认真的，也很积极，你看我推荐做我的课代表，如何？"

"舒老师火眼金睛，当然好！也让我在班委的安排上省心了不是！"

琉璃一边啃着舒老师送的鸡腿，连忙说："谢谢舒老师、茨老师！"

后来，琉璃时不时给舒老师带两个小包子、鸡蛋，她总感觉舒老师怎么那么像姐姐的感觉，虽然琉璃没有姐姐，但她一直想要姐姐。

琉璃有个哥哥，是同父异母的哥哥，却在老家的城市里读书。

想起哥哥，也还让人挺温暖的。

记忆最深刻的是琉璃六岁那年。有一天，兄妹俩一起在别人家玩，琉璃和那家人的儿子因为一个玩具争执起来，谁也不让谁，最后那个男孩还说什么也不肯放手，硬生生把玩具抢了过去，还打了琉璃，脸上的疼似乎还在。哥哥奔过来，抱着妹妹，抚摸着妹妹的脸，问疼不疼，琉璃泪水在眼眶里打转，强忍着没有哭出来，哥哥坚定地说："以后哥哥给你买一个，一模一样的。"

后来买没买，琉璃也忘了，但是哥哥向着妹妹的心，永远铭记着。

而宋名扬简直太像哥哥了。不仅神态，连声音都像极了。琉璃有时就分不清到底是哥哥，还是宋名扬了。

　　班委，终于在第二周的班会课上宣布了。班长是张芜晴，大家心知肚明；副班长是吴宗贝，大家也心知肚明；团支书书记是采儿，大家很佩服；学习委员是吴必才，大家似乎有点迷惑，英语课代表是董语灵，大家一致点头；语文课代表是琉璃，宏曼和蔚蓝似乎很有意见，没有表现出来。

# 家长会

日子就这样紧一天慢一天悄然而过。

不觉窗外桂花树香气迷人。

中秋节到了，同学们都提前回家了。琉璃在空荡荡的校园里流浪。全托的学生可真是少得可怜。琉璃为独处校园的广阔而悲伤地笑了。

人闲桂花落。琉璃想起王维的诗句，此时最适合自己的心境了。如果一棵棵摇过去，摇落的香该是校园也装不下的吧。

我是不是也学林黛玉拿着锄头，提着香囊，把它们收集，埋葬在哪一隅。琉璃想着为如果可以实现的场景心花怒放，的确有点动人。现实是，哪里去找锄头，香囊倒是好办，外面的小店里该是有的吧。锄头，我用过锄头吗？没有，不会。只有在诗里见过"锄禾日当午，汗滴禾下午"。太热了，太苦了，但也比现在的寂寥好。

节假日虽然有老师管着，但琉璃逃出了视线，她想一直独自吞咽每年中秋节的感觉。晴朗的天，今晚一定有月亮吧，那就让我在桂香中对月独酌。

琉璃整个下午待在寝室，备足了之前藏下的零食和牛奶，除此，她找到了一个高的去处。那是静习楼的楼顶，虽然通往楼顶的门是锁着的，但是只要从旁边的窗台翻出去，接着下水管旁边的小柱子往上爬一小段就完美了。琉璃为这个秘密的发现而惊喜不止。

夕阳在西边的高楼里快要隐去它的身影时，月亮已升起，圆圆的，像谁涂抹上去的一团牛奶，月亮也是喝牛奶长成的吗？琉璃把零食和牛奶装进一个小的书包里，不重。她朝静习楼走去，路上没有碰到一个人，即使碰见了人，那他一定认为琉璃是去教室上晚自习的，他一定会在心里赞叹，这是个多么爱学习的孩子啊。

琉璃慢慢上楼，上二楼的时候，琉璃想起了小学六年级也在学校过的中秋。一个人过中秋节似乎都习惯了。学校把没有回家的小孩聚在一间教室里，教室布置得很温馨，连校长都来了，还乐呵呵地给每个人发月饼。琉璃觉得那种笑里有看透世态炎凉的哀愁。

再之前，是在舅妈家。舅妈家有两个孩子，家里已是热闹非常，舅妈忙里忙外，根本无暇顾及琉璃，舅舅是那种万事不过问只做自己工作的人，加上琉璃的安静，在舅妈家显得格格不入。吃过月饼吗？月饼是什么味道？琉璃来到了三楼。她似乎看见楼上有个影子飘过。琉璃在心里咯噔了一下，会不会有鬼？

不过，还是要感谢舅妈，每个月的生活费定期不误地给自己打在卡里，也是辛苦的事。琉璃双手撑在六楼砖和水泥砌成的扶手上，双脚用足劲一跳，就站上了台子，再转个方向，慢慢下到伸出的台子上，好像踩过一双大的脚印。有人捷足先登？琉璃纳闷极了，也很好奇，究竟是有人还是没人呢？休息够了，琉璃抱着绕过下水道，抱住柱子左右脚一步一步往上慢慢挪，到顶，跳进了楼顶。

"妈呀，是谁？"有个高大的黑影厉声诘问。琉璃没有说话，但是已经听出捷足者是何人。

"你也没有回家？"琉璃好心地问。"回家，回哪个家？"那个黑影一股酒气，愤懑地回答。平常里那个阳光、帅气又迷人的大男生不见了，眼前的这个颓靡者哇哇大哭起来。琉璃反而不想哭，她是来看月亮的，或者月亮看她也行。费了那么大的劲，到这里来，是不想让周围的高楼大厦淹没了它的身影，也顺道真切感受一下古人那种中秋节的独乐。这下好了，碰到个酒鬼，还哭鼻子。但是，琉璃深深明白，每个人的身后都有不寻常的故事。每一个人来到这个世界，自己就要对他负责，所以，她没有带酒来，她常常听说借酒消愁。但愁，消得了吗？

"喝酒伤身，我们改喝牛奶吧。"琉璃递过去一盒牛奶。

"牛奶，算了吧。这还有什么味？"

"什么味？当然是牛奶味了！我们不是喝牛奶成长的一代吗？"

琉璃向前一使劲，抢过了他手里的酒瓶。琉璃可不想和酒鬼待在这里，关键是回寝室还有老师要来查寝，琉璃虽然不是优秀学生，可绝不想违规违纪，她不想让自己脸上无光彩，还倒添上其他黯淡无光的色彩。

琉璃放下自己的书包，坐在他的对面，慷慨地拿出自己的零食。

"你说，我们俩多有幸，能够在学校的最高处庆祝中秋，虽然没有月饼，但有月亮，还有嫦娥、白兔、桂花树，虽说是楼下的，已经够满足了！"

"你怎么没回去？"他也同样问起琉璃来。

"回去的理由千篇一律相同，不回去的理由各有各的不同，你又何必问？"琉璃想起看过的名著里的第一句话，在此时身临其境。

黑夜真好，心情看得见，却看不见脸的颜色，如果真看得见脸，那一定也是相同的。

"姥姥告诉我，看中秋节的月亮是最美的，因为最圆。"琉璃动情地说。

"没有什么美不美，月亮，谁知道还是不是从前的月亮。"董语灵把自己的低迷情绪延续着。

"对了，你看这些零食！"琉璃扬了扬手里的袋子。"就是隔壁班的同学提前告诉我有安全大检查，抢下的货物，要不要来点。"

"给点吧！"

"你说人生多奇怪，如果不是有人来提前告诉，这些零食恐怕你我也无福享受了！所以，你得想得开。世上有因也有果。"

"琉璃，你怎么突然成了大哲学家了！"董语灵揶揄地说。

那我是什么因，又是什么果？琉璃看着满月，想着姥姥的话，和自己说。

中秋节很快就过去了。

那夜的故事和酒瓶没有人提起，也没有人发现。

周一傍晚，寝室里照常欢腾起来。吴宗贝又带来了各式各样的月饼，全寝室的人自然围成一个圈，听着她聊这些月饼的来历："这是百宝盒，外壳用纯金制作。"纯金两个字刚说完，采儿、蔚蓝、宏曼争先恐后摸过去，吴宗贝把盒子往她们三人面前又拿了拿，说："来，感受一下，怎么样，手感不错吧。"

"只教我眼前有千百的金光闪闪！"采儿很夸张地比手势，手里像搂着有十个太阳。

"只教我花容失色。"蔚蓝把脸故意朝月饼盒凑了凑。

"只教我心惊胆战。"宏曼假意要摔倒了，更是倾倒了。

众人的口水在空气里流淌。

价钱肯定是天价，吴宗贝已经不介绍了，小心翼翼地打开盒子，月饼像一个在风雨中站立多年的智者，镇静望着这些稚嫩的孩子，被她们吃下，也未必尝出生活的滋味。

"琉璃……"吴宗贝正在喊。

"琉璃!"门外也传来了热情洋溢的声音。

琉璃跑出了门，看见展颜手里抱了个铁盒子。琉璃一下子明白了展颜的用意。琉璃恨不得给展颜一个大大的拥抱了。

"你尝尝，看看合不合你的口味，我把我们家的月饼口味全部挑了一个。"展颜已经打开盒子，给琉璃挑了一个清淡绿豆口味的，快要喂到琉璃嘴里了。

"谢谢，我自己来。"琉璃接过来，咬了一口，酥嫩，清爽，香味溢满心田。

"怎么样，还行?"

"简直棒极了!"

"我妈还说我，吃那么多月饼，准吃个大胖子回来。我就在心里嘿嘿笑! 还嫌我不够胖。我怎么能够独食呢? 不是有你吗? 我才难得和婆婆嘴说呢? 这盒，你留下，你看你多苗条! 看我，不是胖猪，也是胖小猪一个!"展颜往琉璃怀里塞，自己呵呵笑。

"我还要去教室赶会儿作业，作业实在太多了。"

说到作业，琉璃头又疼了。

琉璃折回寝室，被吴宗贝喊住。

琉璃赶快放了盒子。

"我们刚才分享了月饼，看，给你留的，你自己拿去吃!"

"哦，对了，那个语文作业，你借我用一下你的答案。"

琉璃拿过月饼，转过身，找了作业，给了吴宗贝，去教室了。

课代表的含义，在琉璃脑里并不是很深刻。只有在实践中去体会。

作为同学和语文老师之间的桥梁，琉璃撑得很辛苦。大家都可以做桥梁，可能有些人实在是不愿意去"招惹"老师罢了。虽然大部分同学交得很及时，但总有那么几个，催啊催啊，从六点到晚自习下课，好像是你借了他的米还了他的糠一样，所谓科科出状元，科科见赖皮。

明明刚刚人还在座位上，可转眼就不见影了。问吧，说上厕所去了，等了半天不回来，下课除去提前的预备铃时间，也就八九分钟，他可倒好，踩着点进教室。琉璃只能暗暗叹气。

文一二，像支牙膏。每次令琉璃心紧。

他别看平时一副伶牙俐齿、口若悬河的模样，写起作文来简直是冬天枯树上的洞，一眼望穿的字数和内容，怎么凑也凑不足。

琉璃都有点替语文老师生气了。

遇到这样的学生，真的是自认倒霉。

又到了该交作业的时间，"文一二，等等……"琉璃话音未落，文一二后脚早已跑出了教室。琉璃立即跟了出去，问班上的同学，说是朝楼下跑了。琉璃望望楼下，无影无踪，只有微凉的风和远处暗红的天空。

琉璃只好返回教室，检查文一二桌上的本子，运气真好，作文本躺在这里呢！谁知一翻开，第一页竟然又没写满。琉璃气不打一处来，把作文本捏在手里，发誓今晚就要等到放学，催命也要催齐。

课间中途，琉璃养精蓄锐，待到晚自习铃声一响，琉璃手拿作文本，箭步走到文一二身边，拉住了他的衣服。

"你要咋样？"文一二虽然自知理亏，嘴却不让人。

"跑得了和尚跑不了庙。"

"你啥时候也学董语灵文绉绉的了？"

"需要学吗？我本来就文绉绉！"

"你不怕我也揪你？"

"先把作文补齐，才有资格揪！"这点儿自信，琉璃还是有。

"你让我写啥？"

"你自己的作文你自己想！"

"能想，不早就写了，何必等到现在？你看着办吧！"文一二死猪不怕开水烫，把难题抛给了琉璃，自己翘个二郎腿坐在位置上。

这个情景，不知要磨蹭到什么时候。琉璃心一软，干脆帮忙帮到底："你和哪些人过的中秋节，吃了什么，玩了什么，再写写月饼、月亮是什么样子的，最后写自己的心情，开心、快乐、幸福，期待下一年中秋节快快到来！"

文一二一听，还真像是突然来了灵感，抄起笔，就要动手。

"字，写好点！"琉璃真诚提醒。

"你打断我思路了！"文一二抱怨。

琉璃不想和他多费口舌，只要他动笔就好了。

即使没有鬼画桃符，还是字丑，一到 600 字，文一二赶紧停笔："你看，我还超了两个字，算上标点符号。"把本子甩给琉璃，立马跑了。

琉璃真想捶人，真好意思说超字，那标点符号竟然是个省略号，无耻地占了两格。

琉璃抱着作文本到办公室，老师们都还在呢。琉璃说："舒老师，作文本齐了，再见！"

"谢谢琉璃，辛苦了！再见！早点回去休息吧！"舒老师抬起头来望着琉璃说，琉璃心里先前的苦顿时烟消云散，此刻感激满满。

让琉璃感到舒心的事情，还要数每周三下午两节选修课。年级的选修课程数也数不过来，从底楼到六楼整个教学楼的每间教室，还有音乐楼、舞蹈室、书画室、微机室、运动场、青青菜园……即使你三头六臂，孙悟空七十二变，也选不过来，应有尽有、无所不有：高尔夫、橄榄球、击剑、跳水、马术、茶芬芳、餐饮美食、种植四季、机器人时光、影视鉴赏、诗歌与生活、第二外语、奥数视界……教师多才艺，课堂无边界。没有你选不到的课程，只有你想不到选什么课程。

除了采儿选的茶世界，蔚蓝、宏曼跟着吴宗贝去了第二外语的课堂。琉璃记得那天，寝室里的同学问她选了什么课程，当她回答诗歌与生活后，被嘲笑了好大一阵。

不过，琉璃似乎习惯了不合群，不合寝室的群。她也不想跟着别人身后奔去，毕竟，学习和生活是自己的，要对得住内心的呼唤。

最近，她常去图书馆或者阅览室找舒老师推荐的书，那些书不看则已，一看就有些上瘾了，单就语言，仿佛是打开了一扇从未有过的窗，故事情节更像夏日绿茵的小道，迷人又美丽。

琉璃常听同学们上了课回来谈论。餐饮美食的同学每次课后端回教室的不是意大利面，就是咖喱炒饭，眼疾手快之人往往可以略微尝味。对于禁止教学区吃东西的条例来说，能够吃上面条和饭，还真别有一番滋味。种植四季的同学更是激情昂扬，每次总要侃侃而谈他们的植物是发芽了、长藤了、露了花骨朵，还是绽放了或是结果了，兴奋异常。那些从高尔夫、橄榄球、击剑、马术场回来的人，连走路的姿势似乎都更标致了。

采儿有点陷入她的茶世界。首先是茶服照，是照相馆专业摄影师拍摄的，采儿拿在手里，让大家瞧一瞧是谁。

"是你姐姐！"

采儿摇头。

"你表姐！"

采儿不说话。

"你双胞胎妹妹！"

采儿默默捂着嘴。

"照相馆广告照片。"

采儿哈哈大笑。

那照片上的人一笑一颦完全穿越汉朝去了，没有写上采儿的大名，简直不敢相认了。琉璃也忍不住欢畅。一个人找到自己喜欢的世界，从此开启另一扇门，是生活莫大的馈赠。

不仅如此，采儿还往寝室里专门买了套茶具来把玩，让人稀罕不得。

听得最耳朵起茧的是，吴宗贝、蔚蓝和宏曼说得口水四溅的第二外语课堂。

她们尤其讲起第二外语的法语老师米，实在是让人仰慕佩服之极，恨不得重新选班，也到法语课堂去。想象学习法语的新鲜、快乐，关键是趣味十足。说那老师是难得的男老师，不仅英俊，更是才绝、德高！一米八的大高个，国字脸，气宇轩昂，仅那双美男子清澈蔚蓝的眼神就倾倒一大片男生女生，他们说，那眼光绝对有电波，望一眼你就会被触到。发音纯美、悦耳。满腹的诙谐幽默，课堂的笑声掌声激起了所有学生的向往。还多才多艺，相声、竹板、唱歌、吉他、演讲、书法……这是传说中别人班的神仙老师了吧。

更要命的是，那二外的男老师，是琉璃他们年级另一个班的英语老师。这下可好了。同学们的课余时间变多了一项美丽荒唐的任务，去打听他们班上的老师情况和课堂情况。偷偷去班外看课表，更有人不辞辛苦，挖到了更多的信息，那老师的妻子竟是他的青梅竹马，还是区上音乐教学教研表演的台柱子，而且也在这所学校教书。

"神仙眷侣，这等标致的人物，见一见也就满足了吧。"同学们好奇极了，咂吧着嘴，不会吞了人家吧。于是，大家一致每天盼望去看到他的老婆。漂亮没的说！气质没的说！同学们想象着、猜测着、盼望着。

流光就这样渐渐消失在无声的时间的海里。

海底风平浪静，海面波涛汹涌。

有些事，说着说着就动了心。

那天是体育课，运动项目完了，在边上休息的时候，琉璃看见吴宗贝和好几个同学在一起有说有笑。不一会儿，就又聊起了法语老师。有人激将了："贝儿班长，既然你们说得花般好的老师，你威力大，可不可以把自己调到他们班去啊？"

"这个，不是什么难事。"吴宗贝甩了一句。照例又和同学没心没肺地玩了起来。

琉璃绕道而行。

午饭后回寝室，琉璃觉得上午体育课实在是让头发呼吸都变得急促了，赶快端着盆，拿了帕子，准备接水洗头。吴宗贝拦下了她，还让她把盆和帕子还原了，琉璃丈二摸不着头，又不敢说什么，看见采儿坐在床上，蔚蓝靠着衣柜，宏曼也坐在凳子上，一切都很安静。

"我有个计划。"吴宗贝不动声色，神秘地说，"大家想不想和我一起享受课堂的美妙和欢乐？"

"当然想！"宏曼想都没想就爽快地答应了。

"我应该可以考虑考虑。"蔚蓝似乎也有点想要知道到底是什么。

采儿看着吴宗贝："贝儿班长，先说来听听，然后我们可以看看。"毕竟团支书，采儿还是比较清醒。

琉璃不说话。

"我们要期中考试了，说实话，我的其他科目还好，英语实在有点太惨了，没底。这样的结果，我肯定惨不忍睹，不如，我们趁机换个班，咋样？好主意，是不是！惊不惊喜？"吴宗贝为自己的计划得意十足。

"这个可以有，那你想怎么办？我们怎么做？"宏曼满口赞同。

"换班，这个恐怕有点难。开学的时候，好像学校就没给换班了。是吧！"琉璃终于插上了嘴。

"不换班，那军训后考试做什么？又没有公布成绩！好玩吗？耍我们？"

"可能只是摸底而已！"

"就你好心！"

琉璃不敢答话了。

"具体怎么做？"蔚蓝问。

"我回家给我小妈说声，让她在家长群里先就换班的事情吱个声，就说我听不懂英语课，你们让你们的家长附和一下就可以了。简单嘛！"

"就这样？没问题！"宏曼干脆了得，恨不得举一百只手起来。

"贝儿班长，我可以照你说的去做，这样不会有什么大问题吧？"蔚蓝有点不忍。

"采儿，你咋样？同意不？"

"好吧！"

"琉璃，你呢？"吴宗贝来戳了下琉璃。

"好。" 琉璃怯生生地回答。

琉璃的身体突然感到酸软软的，像从天顶跌落飘飘的云里。她无心洗头了，倒头就想睡去。

家长群里，一颗炸弹炸开来，火花四溅。

"听我们家孩子回来说，英语听不懂，有没有同样的情况啊?"

"有，我们也是。"

"也是。"

"也是。"

群里突然跟了十几个"也是"的回复，还有握手的表情。

一会儿，有个"等你好久"微信名的家长说："我们家孩子为了能够快速适应初中的课程，暑假里还去培训机构专门补习了英语，说现在也是听不太懂，老师讲课的内容实在是太快了。"

"那大家有什么好的建议和办法，不妨来说说。""白骨掌老妖"微信名家长提出了问题的源头。

下面鼓掌的，竖起大拇指的纷纷上场，微信里突然热闹了起来。

"如果有可能，那就换老师，换年级最好的英语老师。"

"换班也不错，换个师资搭配最雄厚的班级。"

"要不我们去找学校领导说一说，眼看就要期中考试了。"

……

建议纷纷飞来。

"各位家长，少安毋躁，我有一个建议，不知可行?"

"快说说!"

屏幕不断往下，家长们全都扔了手里的活，全神贯注、齐心协力地参与这场惊天动地的大事件中。

"要不，等期中考试成绩出来了，我们拿着娃娃的成绩，有成绩在手，就是最好的凭证，大家意下如何？”

“扭转乾坤”的家长此话一出，家长们一致赞同。

等待，班级的一场暴发。

琉璃起了床，仍旧感到昏昏沉沉的，她还在想着如果也让自己的家长加入对英语老师的讨伐中，是不是太不怀好意了。毕竟，茨老师真的挺好的。

说实话，英语作为一门初中的必考科目，小学毕业的时候，琉璃还真是完全听从了舅妈的话，也去了辅导班补习。不过，她不喜欢辅导班，单单教室就不喜欢，那是一间四面白白的墙，前面黑黑一块大板子，周围超出人高的位置才有高高的玻璃窗户，比四角天空还沉闷狭窄，感觉呼吸都不顺畅，更不要说听课了。学了什么琉璃自己知道，舅妈或许像所有的家长那样，用钱买了安心。

茨老师的严格里有种温柔，是琉璃想亲近的。

琉璃记得那一次问问题的情景。是书里的一个句子，琉璃不太明白句子的意思，茨老师让琉璃先读了一遍，读得很流畅。茨老师表扬了她。接下来，让琉璃翻译句子，琉璃有点不好意思开口，磕磕巴巴说了，琉璃最害怕老师说“我都说了千百遍了，你还不会”这样的话，因为小学的老师常说，琉璃听得心都发抖了。可是，茨老师却说：“没关系，慢慢来，我以前读书的时候，还没有你认识的单词多，连音标都不会拼”，等琉璃说完，立即找到了症结，就是对某个单词的意思没能够在此处语境里很好地运用，又让琉璃说了一次，琉璃瞬间便理解了，茨老师激动地夸奖了琉璃学习的状态，琉璃豁然开朗，心里乐滋滋的。

回到教室，下起了雨，琉璃忘了带伞，要去食堂。她坐在位置上，看着雨在树叶上滚落的水滴，正当茫然无措时，忽然听到门口传来茨老师熟悉的声音："琉璃，和老师一起吧！"

琉璃爽快答应了，她靠在茨老师的左边，茨老师右手打伞，左手放在琉璃的左肩上，伞也在往左边微斜，琉璃感到秋日里一阵阵温暖的涟漪。

晚上，琉璃做了一个美梦。

梦里也下雨了。雨点斜斜飘着，在微黄的路灯下像桂花的花粒飘洒，她和展颜手牵着手，打着一把大花伞，边蹦着边清唱着小曲，在校园的大道上前行；一会儿，展颜不见了，伞下的人变成了茨老师，茨老师的脸恍如妈妈的脸，正当琉璃被一双温暖的大手牵着时，琉璃感动得快要流泪了。

突然，敲门声响起。

那是生活老师在走廊里急切地叫喊。原来，是魔王不见了，让琉璃他们整个班的同学帮忙找。这是啥时候了？窗外一片黑漆漆的。全寝室的人都被叫醒了，揉着眼睛，拉开了灯，原来才凌晨两点。

"我的老天，这是什么奇葩事？大半夜地把人叫起来，真要命！"

"这是来上学的，还是来找人的？"

"他爸妈咋不来找，凭什么让我们这些花朵不睡觉起来？"

抱怨声四起，但所有人还是穿戴好了到楼下集合。

校长、主任全来了。说是这个同学打游戏成瘾，在家被爸妈狠狠管着，没有机会，只好到学校里来爆发了。

据说生活老师半夜起来上厕所，忽然看到有间寝室的门大开着，学校里不会来小偷，那就是里面的人出去了，走进去一看，果真少了一个人，这下可好。

学校已经通知了学生家长，家长正往学校赶来。

距离学校不远有个商业中心，那里也是不夜城，网吧自然不在话下。按照学校收集的信息，问了和他玩得好的同学，锁定了几家比较大型的网吧，由茨格格带队，分成八个小组重点找。那天晚上，同学们找人成了一道风景线，网吧里的灯光不是很明亮，里面的人完全沉浸在自己的世界里，游戏打得哗哗响，对外面走进来的人置若罔闻。

凌晨大街，车的喧嚣仍旧喧嚣，饮食的世界也不分昼夜，向那些饥饿或者不饿的肚子飘洒着诱惑的味道。闪烁的灯光迷离着城市的眼。

找过每一个网吧，走了每一条街，得到的信息都是没有。来往的电话不绝于耳，焦急、失望、期待交织。

同学们疲倦极了。天也有点蒙蒙亮，如果24小时没有找到，大家一致决定就直接报案了。

回到学校，接到年级通知，琉璃他们今天上午的课暂时不上，继续补觉四个小时，上下午的课。大家简单洗洗，倒在了床上，香甜袭来。

好消息在琉璃他们的补觉中悄悄来临。原来，校外有个人在围墙旁的草丛里不经意发现了那个游戏痴。

"什么，找到了，哪里?"

"学校，不可能!"

"人家打了游戏已经回到了学校，只不过躺在一个角落的草丛里睡着了而已!"

"啊! 神仙玩法!"

升旗仪式上，没有教导处主任像往常气势宏大地念了一遍校告及处罚的文字，引来同学们的一片唏嘘。也许换个人，没人能想象他的未来，或许在某一天猛然开窍，从此与游戏断绝关系，努力奋斗人生，开启灿烂辉煌的另一番天地；或许他就此和游戏相伴一生。俗话不说，人生如游戏，游戏如人生。张芜睛站在队伍里，跟个没事人一样，断不定已然活到了生活的最高境界。

"你们班的游戏鬼其实挺可怜的。"展颜在路上遇见琉璃时，和琉璃讲着那个游戏痴的故事。"他爸爸妈妈忙，就把他交给爷爷奶奶，几乎整个幼儿园小学都是爷爷奶奶管。爸妈连家长会都没有参加过一次，有爸妈也相当于留守儿童，所以，他和他爸妈一点也不亲，才不像外面传的，在家父母管得严，在家也是天天玩游戏，小时候爸妈就买手机电脑，现在的游戏段位咱们无人能敌。可惜了，天天心里除了游戏，哪里还有学习的一席之地。"

"那他爸妈现在也忙？"琉璃问。

"忙，一直忙。但是好像挺有背景的。"

"你怎么知道？真可怜！"琉璃不免惋惜了。她深切理解缺乏父母关爱的感受，不禁同情和叹息张芜睛起来。

琉璃也同情自己。

家长会不知道应该叫谁来。舅妈上班忙，她家两个孩子说不定也要开家长会，舅舅是指望不上了。茨格格说过，家长必须来一位，还要签到，家长来了只能坐在自己家孩子的座位上，没请家长来定要秋后算账啊。

还有，静静来临的事情。

这一切该如何是好。

为了迎接家长会，所有人都忙开了。先是高层会议，接着中层会议、年级会议，最后是班主任会议，至于成绩分析会，只好延期举行了。

于是校园文化、班级文化的布置，热火朝天地展开了。

校门口悬挂了精心构思的简短欢迎辞的横幅和大灯笼，大屏幕上也滚动着今年中考的辉煌成绩，校园广场往两边展出了随路延伸的巨型展板，从师资、教育教学特色到课堂呈现，每一处细节都图文并茂，让老师、同学流连忘返。

班级外的墙面上是班级展览，有名著阅读成果、数学逻辑思维导图、英语手抄报、军训风姿，版面丰富，色彩斑斓，赏心悦目。茨格格很满意班委的布置。一走进教室，除了窗玻璃外的自然绿意风景，教室四角也点缀了绿植造型，四面的墙壁上巧妙搭配，把治理班级的理念很形象、全面地融入了进去。书柜十分整齐，灯与灯之间也充满高级感的丝线连接，扑面而来的是积极向上和团结创新的气息。

教师们的展示课也同时进行着，不管是资深老师，还是年轻老师，一遍遍地在备课组、教研组及不同的场合打磨，说意见，提建议，修改修改再修改。

茨格格的班会课是展示课，所以也花了许多的心思。

她选的主题是《新生如何更好融入初一的学习生活》，找了故事，收集了以前带班时的优秀学生案例、班上同学平常的照片，当然，更有班上同学的现身说法。她把整个导入，甚至过渡都在心里对自己说了千百遍了。最关键的是，还有临场的应变和发挥。自己是一个老手了，但还是虚心认真对待。昨晚即使熬到了凌晨两点，今天也六点刚过就起床了，精神饱满。

展示课是第一节课，家长陆陆续续往教室后边的凳子上坐，尽管已经发了整个流程时间，但还是有些家长直到上课了才匆匆忙忙推开后门进来。

故事讲得绘声绘色，学生作答流畅自如，过渡衔接巧妙生动，应该说这是一堂比较成功的展示课，因为课堂结束响起了好一阵激烈的掌声。

茨格格松了一口大气。

接下来的成绩分析，任课老师分析学科情况那就是水到渠成的事了。

学生都出去了，家长按照孩子座位上的名字，一一对应入了座。

茨格格和班级老师协调了下，因为自己刚上了第一节课，那第二节课就先由语文老师来讲。她站在前门边，作为旁听者。

上课没多久，前门开了，年级主任示意茨格格出去，好像有什么事。茨格格赶快轻轻踮起脚尖走了出去，带上了前门。

"校长找你，茨老师。"年级主任说。

"校长找我？"

该来的，终归要来。茨老师心里一下子就全明白了。

等茨格格坐定了沙发。校长发话了。

"小茨啊，期中考试刚过，你们班学生家长就来闹，强烈要换英语老师……"

"校长，这件事……"

"小茨啊，我能理解你的心情，但是家长这样来闹，影响很不好，你要好好下去了解这件事情，好好安抚家长。"

"校长，我知道，作为班主任的英语老师，更应该让家长对我的学科课堂无可挑剔。这，我有责任，但是校长，这件事情的确……"

"小茨，我肯定相信你，只是今天你是班上家长会的主角，还有很多事情要忙，你看，等家长会结束了，我们一起坐下来把这个事情当面解决。"

"好吧，校长，我知道了。"

茨格格退出了校长办公室，心情没有沮丧。凭自己尽心尽力的付出和期中考试成绩摆在那里，看他们有何话说，只是不要把自己和家长的矛盾激化升级就好。但是，话又说回来，他们为什么一定要群起而攻之，还告到校长那里去。

不过，幸好有一个家长那天把家长群里的群议截图发在了班级群里，不然，自己还被蒙在鼓里呢。

家长群还真不是什么好群，虽然可以交流成长心得，但往往有一个什么点，就会在语言的轮番交流下，超出交流的融洽范围，也许今天这件事是好事，家长群只是开头。

回到办公室，她把先前准备好的资料再次拿出来进行检查，包括期中考试成绩分析，每个学生的学科分析、对位率分析，一一在案。还有专门为英语学科设置的调查问卷，包括了 7 个大项、42 个小项的实名精确结果，茨格格成竹在胸。

第三节课是英语成绩分析。茨格格像扫视课堂那样扫视了整个教室，每个家长都笔直地坐在位置上看着 PPT，看不出什么异常，偶尔有两个低下头看手机的。

她以数据说话，每一处有理有据，而且那数据在整个年级也还不错。然后，讲了些关于学生需要加强的地方以及需要家长配合的方面，有条不紊。最后，她问，看家长还有什么需要提问的？一片安静后，没有一只手举起来，茨格格以为就圆满收场了。

就在这时，一位戴着眼镜、圆脸尖下巴的陌生男子站起来，茨格格一下子忘了他是谁的家长。"老师，刚才听了您讲的成绩分析、对位率，关于孩子需要努力的方向，我很受益。但是，老师，我有一个问题想要请教你，小学的时候，娃娃门门都是 90 多分，总分 100 分，可是现在初中了，总分 150 分的外语，为什么丢了将近三十分，关键现在他们还天天早自习、晚自习，时间也比原来充足了，课时也更多了，这应该怎么办？"

家长一坐下，教室里突然躁动起来，有人立马各自往身旁去找说话的。

茨格格把多媒体关掉，把教室的灯全部打开了，教室一片敞亮，家长们顿时看向讲台。茨格格站在讲台正中央，微笑了一下，自信地说："刚才这位家长的问题提得特别好，说出了很多家长的心声；首先我们给这个家长鼓个掌！"

"可能我们之前的各科老师或多或少提到这个话题，那么这里再次总结一下：首先，从小学到初中，学生的学科内容学习发生了很大的变化，科目由原来小学的语文、数学，可能英语作为兴趣学科，现在变成了语文、数学、英语、历史、地理、生物、音乐、美术、体育，一下子所有的科目都要考试，内容上大大增加了，每个孩子的适应程度不一样，这就决定了学习的结果。你们放心，你们选择了我们学校，我们学校的老师，当然包括我，都是全身心投入在学生身上，我们会想一切办法帮助他们渡过适应期，期中考试的目的，一方面是检测孩子自身的学习成果，一方面也是测验孩子对一个新环境的适应程度……"

"当然，还有什么问题，我希望家长可以单独和我沟通，我会尽我最大的诚意和努力给你们满意的答复，谢谢各位家长，能抽出宝贵的时间来参与家长会，助力孩子的成长。"

掌声由衷响起来。最后一节课是班级的文艺表演。茨格格让舒义老师代她在班上照看一下，节目、串词、主持全部就位。校长那里是必须要解决的。

千里走单骑。那是有实力和底气的。茨格格心中充满了必胜的决心。

这是来自多年来踏实的付出，是的，底气是有的，过去的那些各级奖状和荣誉绝对是拼出来的。她突然想到了刚出来几年的无畏精神，有点堂吉诃德。但是，那些用晨曦和黑夜走过的孤独足迹镜头，还在她的心底回放。她怕什么呢？最艰难的时候都度过了，谁也不是铜墙铁壁，但自己不也做过铜墙铁壁。

最后一节课的文艺演出，琉璃和寝室的同学演了个小品。小品是采儿写的文字，讲述了一个厌学的学生离家出走，在老师的包容、劝说、鼓励下重新踏上了奋斗学习之路的故事。

琉璃饰演主角学生，吴宗贝出演老师。还别说，演戏还真不同于生活，平常要说吴宗贝像老师，琉璃就想笑。大场合下，大家竟然配合很默契，也让在场的家长很感动。

只可惜，琉璃的家长没有来。来签到的不是琉璃的家长。

琉璃心里如履薄冰，生怕茨格格发现。她也知道，茨格格那边，暗潮涌动。

当茨格格把齐备的资料袋拿在手里，走上夫校长办公室的最后一级台阶，她还不知道，先前气焰甚嚣，要把自己换下来的家长们早已在校长打电话的通知里偃旗息鼓了。一场大战尚未开始，已经结束。

手机

琉璃坐在培训班的教室里，看着光秃秃的墙，目光想刺透那空心的砖，想必应该是很容易的，要是小时候就开始学习铁头功，一定一招搞定。

　　琉璃暗暗发笑。

　　一个三十多岁的男老师侧站在讲桌旁，在黑板上一边写着公式，一边讲解着。其实，学校课内已经讲过了，课外继续提升、拓展。琉璃觉得她和数学天生有某种不可言说的仇恨。所有熟悉的汉字，拼凑起来的数学意思却像完全陌生奇怪的人，让人看不见的尽头和无法触摸的空间。

　　舅妈怎么给自己做的决定，她也不清楚。至少周末有可去的地方，落荒的滋味，其实也好受。

　　突然，静音的手机发来了微信。

　　琉璃立刻把双手偷偷伸进课桌里，宿舍群里吴宗贝发来一条短信在闪烁：亲们，上次换英语老师的事情怎么就悄无声息了呢？

68

肯定有人告密，为了消息的及时沟通和交流，我们都把手机带到学校去。

几秒钟的时间，下面突然有了宏曼的回复：一定是的。好的。

蔚蓝也一会儿跟上来：好的好的，想办法混进去。

琉璃不知道要不要回复同样的话，告密的确是自己给舅妈说的，让她不小心发在班级群了，然后又删掉的。琉璃心惊肉跳。那要是被发现了，后果会怎样？少女们难道有侦查的手段？还是赶快和她们一致的好，自己作为全托生，本来就要带手机的，只不过要交给生活老师而已，那可以再带个手机呀。琉璃为自己的聪明拍手称赞了。

琉璃第三个跟进：好的好的，完全没问题。自信心满满。点了发送，琉璃觉得是不是自信过头了。一看，撤回不了了，管他的呢。

只剩采儿没动静。

老天，老师竟然又背过去写题去了，没有发现琉璃的异样。琉璃赶忙缩回了手，一本正经地抬起头，转动着可爱的眼珠子，认真听着天书。

上午半天的课上完了，家长们早已在楼下的门口排成队来接。琉璃独自去了家米线馆，海味米线有大海的味道。琉璃喜欢大海的感觉，一望无垠，赤着脚丫，走在柔软的沙滩上，任由海风潮湿地吹着，海浪像毛毛虫挠着脚丫的肌肤，天蓝蓝，海蓝蓝，心蓝蓝。一个人在天地间，自由自在，一切妙不可言。琉璃渴望长大呀。长大了就可以独自远行，无忧无虑地远行。

可是，又听人说，不良商家会用胶来制作成米线，可是，胶会嚼得碎吗？即使嚼碎了，能咽下去？可是，米线软软的，牙齿一切，就细细的了。至少，这家的米线是真的。那么，我是无良商家的产品吗？如果可以换生产商，我可以选择吗？琉璃不想深究下去。快速吃完，付了钱，走出店来。

早上出校，学校还是阴凉的，没想到此刻的太阳还真不小。琉璃手搭凉棚，遮住了大半边脸，却看见一个熟悉的身影。琉璃快速上前，果然是篮球小子。

"董语灵，董语灵！"琉璃挥着手，开心地喊。

董语灵拉着拉杆箱，转过头来。"咦，琉璃，你在这干吗呢？"

"我刚吃了午饭。你吃了没？"

"在家吃得早。"

"你咋来了？"琉璃记得大部分同学应该下午四五点才陆陆续续来学校。

"家里不好玩，反正作业也做好了，不如来学校锻炼锻炼身体。你打篮球不？"

"今天啊，今天我还有事。"

"什么事，这么要紧？"

"也没什么。"琉璃不打算告诉他，毕竟带手机是学校明文规定禁止的。多一个人知道，多一分危险。

琉璃还是很有安全常识的。

"那我先回学校了。"

琉璃和董语灵分手后，独自往二手手机市场去。


二手手机市场，导航显示在一座大楼里。琉璃下了公共汽车，寻了方向，走进大楼。

像女人的衣服一样，二手手机满满当当一层楼，每一家店的店名都花枝招展，琉璃一下子失去了判断的能力。那就货比三家，一家一家挨着看吧。

第一家叫"机不可失"。店门上缀满了闪烁华丽的彩灯，一见琉璃，女店员就热情地迎了上来，妹妹长妹妹短地亲昵喊着，等琉璃站到玻璃柜前，就开始专业地介绍起来。

"妹妹，看你的气质，这款小米11，颜值高，手感好，屏幕、拍照、音效都是顶级配置，和你最搭配……"

"荣耀30Pro，更轻盈，拍照前置后置更立体美观，你优雅古典的内涵那是绝对地值得拥有……"

琉璃被说得天花乱坠，只好沿着玻璃柜缓缓走动。"不满意，没关系，这边还有，款式多着呢！"

"华为Nova8，手机中的极品，专为女孩设计，极致轻盈，极薄5G，游戏娱乐两不误……"琉璃有点动心了，停留下来。看着店员手里的手机，满含不舍。

"妹妹，你眼光真好，这款是我们店里的爆款，买家反馈口碑极佳。怎么样，要不要来一个？"琉璃接过来，翻过来翻过去，感觉比自己的手机舒服多了。琉璃开始心动，转念想，我才进第一个店就下手，是不是有点快。琉璃问了一下价格，"1200元。""妈呀！这么贵！"琉璃心惊，虽有不舍，在价格面前还是忍痛割爱。

"价格贵？但是你要看质量啊！像妹妹这样的女孩，可是不多，像这样的手机，也是机不可失，失不再来哦！"琉璃扑哧笑了，这个店员真是巧舌如簧，还能巧妙点题。比语文老师还语文老师。

琉璃还是准备再看两家再下手不迟，毕竟兜里的钱说了才算。她看看店员春风满面的笑脸，礼貌地委婉说道："谢谢，我再看看，如果想买，再回来买。"

店员依旧满脸含笑对琉璃说："好的好的，妹妹一定回来拿哦！"女店员把琉璃送到店外，还说了句"欢迎再来"的话，琉璃都觉得有点对不起人家的热情款待了。

有了第一家的经验，琉璃自然多了。她也常听寝室的同学聊起买名牌衣服的经过，对，讨价还价还是该有的。带着这样的自信，琉璃走进了第二家，店名突然变得诗意起来，右边的竖柱上四个造型奇异的字，各自闪着迷人的光。琉璃仔细定了定神，认得是"视界印象"四个字。左边的柱子前摆了个石磨，石磨上有个小喷泉，正喷着，从石磨口子向外永不停息浅浅流动着。石磨下方围了一座小小鱼池，蓝的、红的、黄的金鱼摇曳着尾巴游得欢。

琉璃照例走了进去。

"您好！请问有什么需要帮助你？"一位年轻的男士缓缓向前，温文尔雅地说道。

"我主要想要一款轻薄型，以微信、拍照为主的实用性手机。"琉璃竟然毫不违和把先前那家店员的话作了小结现炒现卖了。

"请到这边来。"

琉璃跟着来到一边，"这几款都特别符合您的要求，您先试试手感，我再给您讲讲它们的不同。"

琉璃一一拿过，把蓝色、红色、青色的款留在了手里。

男士简短介绍完毕，还说了各自的价格。并且附带了一句"我们绝对保证质量，价格上所以没有优惠了。"

琉璃差点儿动心了。

"就是这一家，辛老师，赶快。"一个漂亮成熟的女子推着一个偶傥的男子来到了店前。

琉璃差点儿惊掉了下巴。世界竟这般小，这里也能碰到年级的老师，琉璃认识他，就是调换英语老师事件的男主角，不知道那个老师认识琉璃不？为了保险起见，琉璃逃掉了。

"视界印象"的男子在身后莫名地大喊："妹妹、妹妹，你要的手机……"

还要手机做什么，琉璃一口气跑到了斜对面，仓皇如鼠。

琉璃没有闲心了，随便进了一家，问了价格，也不管功能如何，只要可以发微信就足够了。

琉璃按着心口，觉得有点惊心动魄的味道！

琉璃回到学校，时间刚好。但她一直纳闷隔壁班的英语老师为什么要去二手手机市场，她又不能给别人说。

寝室里的欢乐里暗藏叽叽喳喳。一见琉璃来了，立刻围了上来，全都问，战果带来了没？琉璃从背包深处掏出来，大家竖起了大拇指。不过，问题来了，放在哪里合适呢？

赤橙黄绿青，颜色各不同。五个人散开来，有人靠了桌子，有人坐了凳子，有人来来回回，忽然采儿大叫，立刻捂严了嘴，又慢慢把手拿开，光看见嘴唇动，听不见声音。"哪里？说鬼话啊？大声点！"吴宗贝翻了个白眼。

"像电视剧里面的那样，藏在某棵树的旁边，好找！""这个有点费时费力，又要装袋，还得挖土，容易被逮着。"蔚蓝说了一堆拒绝的理由。

又继续思考，如果这一环处置不好，怎么安心去上晚自习和接下来的课呢？"看看能不能伪装成什么东西？"宏曼建议。"香皂，装香皂盒！牛奶盒改装也不错！"

"你是谍战片看多了，也好。"

"这个可以有！"

"毕竟在明面上！"

"越危险的地方越安全！"

"还有没有更意想不到的地儿呢？"吴宗贝问。

"衣服荷包、帽子、裤兜，这些安全大检查都要检查到的。不安全，不安全。"蔚蓝上蹿下跳。

咚咚咚，门突然响了起来，所有人心都提到嗓子眼儿上，吴宗贝反应快，做了一个"嘘"的动作，无声提示大家把手机藏好，指了琉璃，琉璃从凳子上站起来，去开门。

原来是另一个班的同学，来问采儿事情的。采儿出去了，大家虚惊一场，后怕不已。

琉璃又坐在位置上，没有挪动一丝，她的思维却翻腾旋转。她想，的确要放得严谨些，如果放鞋柜的鞋子里，未必不是好主意。

"不穿的臭鞋子里，咋样？"琉璃悄然问。

"臭鞋子？嗯？好！好！"大家一致赞同。

难题解决，皆大欢喜。

自习课无忧了。

自习课回来，采儿建议，今晚大家暂时不玩手机，因为白天兴奋过度，同时也为大家把把风再说。大家一听，都觉得有理，于是，今夜，各自好眠一晚。

一早起床，众人精神头十足，哼歌的哼歌，刷牙的刷牙，琉璃其实也提心吊胆，因为这种和校规背道而驰的事情，如此明目张胆，心里始终不那么自在。尽管表面若无其事，但肯定是纸包不住火的。这是自己能改变的吗？所有人被推了进来，谁也脱不了干系。那就走着瞧吧。

每次语文老师的作业改得奇快。昨日晚自习后交上去的作文，竟然红笔勾画，旁批以及最后的批语一个环节不少，每个人满满当当，她真觉得语文老师是个神人。

最神奇的是，接下来的每一天，每个人会到她的面前，拿着作文本，面批，哪些地方写得好，娓娓道来，需要改进的，从题目、开篇、过渡、结尾，到词语、句子、段落、叙事、主题，无一不说在你的心坎上，留在你的脑海里，回味，萦绕，不绝。

其实，语文老师是个铁人。她常说，作文得及时回锅，晚了，就淡了滋味。所以常常在周末晚上，把作文改完才回家。

这是几乎很少有人知道的事。她已经习惯了晚睡，即使第二天早起还要上早自习，照样一进教室，容光焕发，这就是她的写照，见了学生自来精气神，进了课堂浑身文章魂。二十年未曾改变过如此初心。

琉璃去办公室抱作文本，语文课正好用，可真是好运，恰巧碰到辛老师一个人在办公室，琉璃有点心慌，不打招呼又觉得太显眼了。琉璃小声喊了一声，把脸情不自禁别在旁边。辛老师却有点好奇，莫名多看了一眼琉璃，心想，咦，这个学生眼熟。

"你是二班的语文课代表吧？"辛老师莫名问起了琉璃。

他不会是认出昨天下午的我了吧。琉璃的心快提到嗓子眼儿了。

"是的。"

"他们说你好像叫琉璃？"

"老师，是的，我叫琉璃。"

"嗯，这个名字挺别致。"辛老师凝思着。走出了办公室，去上第一节课了。琉璃抱了作文本，一溜烟从辛老师面前跑过去。

辛老师看着这个小小子跑得比猴还快的女生，有点惊讶。

琉璃在心底直跺脚。可是今天上午，有人指过辛老师的老婆，明明白白不是昨天的那一个。琉璃虽然只看了一眼，但两个人的脸大不相同。琉璃不想深想，只是祈求，不要认出来，要是认出来，可不就完了，上天保佑。

整个上午琉璃有点心不在焉的。

琉璃已经第二轮按照班级座位轮换顺序调到第三排了。上语文课的时候，高原用胳膊肘碰了几次琉璃，琉璃都没觉察到，直到舒老师把眼光刷地往琉璃身上时，琉璃寒战似的惊醒过来。她想，糟了，下课肯定被喊办公室。作为一个课代表，虽不要求每刻钟聚精会神，但至少不能太显眼了吧。琉璃意识到自己上课的失态，下课铃一响，琉璃赶快朝舒老师奔去，去了办公室。

办公室里，正鼎沸着呢。一个男生，人高马大，站在另一个班的女班主任面前一把鼻涕一把泪："你太过分了，把我的衣服剪烂，这是我今年买的衣服，是我爸妈用钱买的，你凭什么要剪？"

"凭什么，难道你不知道学校有规定，要天天穿校服吗？把你的那些个乱七八糟的品牌整天套在外面炫耀什么，你把学校的规定视而不见，听而不闻。"

"你也不看看，校服有多丑，套在我们身上像老大爷，我才不要穿呢。一点学生的气质都没有？"

"穿品牌就有学生气质了？"

"不管怎样，你也不能剪烂啊？我要告你。"

"学生不像个学生，你去告吧！"

琉璃自动退出了办公室。那个男生也冲出了办公室，不知往哪里去了。

下午的自习课，本来语数外老师都应该进班辅导的，今天全部都没有来，吴宗贝在上课的时候站在讲台上宣布，老师们临时开会去了，这节课让同学们上自习。一听说上自习，有人就乐了。

"肯定被那学生告了。"快嘴猴子一下子把课堂炸了。

大家议论纷纷。"是不是以后就不用天天穿校服了呀？"

"做你的春秋大梦去吧！"

"要是校规被你几爷子改了，那能叫校规？"

"呵呵呵！""啊哈哈！"

张芜晴用书使劲往课桌上拍了拍："安静，作业都做完了，待会下课各课代表严格检查，没做完的记上名字，该罚的罚，不许哭鼻子！"课堂安静了许多，都装模作样看书做起作业来。感觉他自己倒像是做完了一样。

快上晚自习时，老师们才陆陆续续散会回来。琉璃在厕所里，听到两个老师悄悄说："班主任真可怜，要遇到这种学生真倒霉，无论以前你做得多好，只要被告到上面，一压到你身上，吃不完兜着走。"

"良心吧，对得住学生，却保不住自己。关注未成年人，谁来关心老师的心理，尤其是班主任的费心工作！"

"唉！"一声长长的叹息在琉璃心里混着流水远去了。

琉璃明白了。很多学生似乎都猜到了结局。因为那个女班主任第二天就不在学校了。而那个学生，照样洋洋得意。

当夜的卧谈会，大家议论异常激烈。

谈论学生的，同情老师的，反对校服的，各执一词，要不是生活老师、值周老师、班主任老师轮番查寝，这讨论会估计一晚上也说不完啊。

但是大家从此得了一个真理，老师是真好欺负的啊。


趁老师们被教育的契机，手机的使用，吴宗贝正组织大家如火如荼展开。

时间上的限制，只能晚上十点半以后使用。按照查寝规定，即使三轮查寝人员严密检查，从上床十点到十点半，大部分人已走向入睡。检查人员开始撤退。

每晚由一个人轮流在门口值班，必须高度警惕，观察楼道里的情况，以防万一有老师杀个回马枪。

其余人员必须把手机完全放进被子里玩，便于光线被挡住，或者再往被子上一律加盖黑色衣服。

玩耍时间严格控制在十一点半，必须保证睡眠和第二天的上课状态。太明显，容易露马脚。

最后一条，不准把寝室里玩手机的事情告诉任何人，以防走漏风声。

以上规定，吴宗贝白纸黑字打印出来，琉璃和寝室里的人把大名都工工整整签在了上面。大家都守口如瓶。

一想到可以玩手机，大家有点按捺不住心中的激动，第一天晚上琉璃值日。琉璃按照要求穿了双走路不出声的鞋子，站在门后面，她没有激动，更多的是紧张与恐惧。

她也想得很周全，提前让同学们把手机调整为静音，不管是玩什么，千万可别把声音整出来。

琉璃像只猫，专注着门外的一举一动。走廊里的灯是声控的，只要楼里楼外有适当的分贝，灯就自然亮了，琉璃不得不伸着鹅脖子，四下里察看。她最讨厌夜里路边女人的高跟鞋，哒哒哒，仿佛要把水泥地的心刮掉，踩进地的梦里。

吴宗贝最初一个人打游戏，从《刺激战场》到《第五人格》，再到《王者荣耀》，一个人联合网里的"朋友"打得硝烟弥漫，气场十足。游戏就像人生，你得有底气、有眼光、有智谋、有实权，调得动人，打得过人，赢得有胸怀，输得有志气。

所以，游戏场里，吴宗贝算个人物。生活中的她，也是个人物，作为副班长，大家都怕她，这种怕来自语气里的磁场和能量。她就像班主任的一员大将，会管班，会协调人际关系，和游戏里一样轻松自在。用她爸的话说，就是基因里天生就决定了。

当初茨格格因为八竿子打不着的人情，把吴宗贝编为副班长，心想尽量培养吧，毕竟初中生的可塑性很强，茨格格相信自己的能力。没想到一用，还挺顺手。自然对吴宗贝刮目相看。

采儿和蔚蓝追剧上了瘾，采儿喜美剧，蔚蓝痴韩剧，都跟着剧情跌宕起伏，尽管时间到了，心情却久久不能平静。

宏曼是理财"专家"，负责寝室同学喜欢又需要购买的东西，宏曼最擅长在京东、淘宝、抖音里比较，找到实惠又实用的好东西，当然，晚餐或者晚自习下课后的加餐外卖，宏曼是高手中的高手。

尽管每天每个点位每个时段除了保安巡逻，还有学校领导老师值守，尽管学校和外面隔了一道高高的墙，墙上还拦着网，也没有拦住向往外面食物的心。

宏曼观察了好一段时间，发现在用餐四十五分钟后到一个小时之间，有十分钟左右的空隙，是拿外卖的好时机。也不可大意，在手机上选好了妥帖时间，到达确切地点，但还得假装到此处经过，打望一番，确信没有督查的人了，于是墙里响起三声口哨声，墙外的外卖层层包裹严实，像从天而降的礼物，宏曼撒丫子接住了，立即往安全约定地跑。

蔚蓝负责墙边到目的地的暗哨观察。

各路安全。

宏曼上气不接下气，打开包装袋，分了筷子，大家风卷残云。外面的味道，浓郁得化不开的想念。管他过程如何，吃在嘴里，满足在肚子里，是校园生活不可或缺的一种"偷来"的幸福享受。

琉璃陷入寝室的谜团，不能自拔。物质的快活，精神的满足，真是神仙的生活啊。只是时间一长，有些人就有点放松了警惕。俗话说，常在河边走，哪有不湿鞋。

时间久了，打游戏的瘾上心来，追剧的也是痴迷不知时间。整个寝室便颠倒了黑白。

琉璃也是受不了，晚上值夜、玩手机、白天上课。不得不在一下课的时候立马趴在桌子上，不一会儿就睡着了。课间就十分钟，琉璃有时候禁不住打鼾。一个女孩子公然课间入睡打鼾，这不是旧闻，也能成为新闻。高原其实心好，推了推琉璃。琉璃睡得太死了，一动不动。

连续好几天都是如此。

高原想和琉璃说说这个反常现象，即使同桌，居然没有像样的时间。

高原只好对宋名扬说了。

还别说，平常真不知忙啥，就在同一层楼，宋名扬真难碰上头。宋名扬做了班长，班上的事情就多了起来，就有点顾不上琉璃了，一听高原说琉璃下课就睡觉，宋名扬第一感觉就是，肯定有事。

体育活动课，一个好时间。

宋名扬上完了选修的课，来琉璃上选修课的地方找，琉璃也正好上完了。他们绕着操场后面的看台下走。

"琉璃，好久没见，最近可好？"

"还好吧！"琉璃淡淡地说。除了晚上的手机，白日里的瞌睡，琉璃似乎对其他都不太感兴趣。

宋名扬一下子感受到了琉璃的冷淡，有点失望，但他不好发作。

"有没有想和我说的，或者可以帮到你的。"宋名扬耐着性子说。

"真的没有。我挺好的。"琉璃怎么能说出去呢？那可是一个寝室的荣誉，一荣俱荣，一损俱损啊。

琉璃走了。

宋名扬望着琉璃单薄的背影，感到有点陌生。

琉璃想着宋名扬眼里的自己，也很陌生。


"琉璃，你身体不舒服？"

舒老师把琉璃喊到办公室关切地问。

"老师，我没生病。"

"是不是有什么心事？"

"老师，我没有心事。"

"最近上课感觉你心神不定的样子，是不是没休息好？"

"老师，没事的，我晚上也睡得早。可能是太爱做梦的缘故吧。"

"有可能，好好调整下。"

舒老师拍拍琉璃的肩膀，琉璃赶快离开了。


琉璃好想给谁说一说呢。

琉璃一下子想到了展颜。

趁着周三下午的选修课下课，琉璃急急忙忙跑去展颜班级外面等。恰好展颜回到班上放东西。

天凉了，展颜在校服外罩了件风衣，把人显得高挑了。

"我最近精神很不好。"

"琉璃，怎么啦？"

"你不知道，我们寝室的人，全部夜里玩手机。"琉璃压着声音，靠在展颜耳旁。

"玩手机？！"展颜喊了出来。

琉璃一把捂住了展颜的嘴。

"你得保密！保密！"

"你们，你们胆子也太大了！"

"没办法！刚开始只是同意，谁知现在一到晚上就像丢了魂似的，不看手机睡不着觉啊！"

"那怎么办？"

"自己把手机藏起来。"

"没这么简单。"

琉璃和展颜也想不出什么好办法来。

那是一个有雾的早晨。白茫茫的一片，教学楼像一座孤岛上的灰灯，灰蒙蒙的。琉璃习惯在早自习铃声响后往桌面深处一趴，便昏昏沉沉梦游去了。她来到了一座又高又陡峭的大山山腰处，正弓着身子，双手双脚并用往上爬，心上像压了沉重的东西，脚也迈不动，手也抓不住，正在这时候，"轰隆"一声，琉璃往山脚滚下去，她双手在桌面上"啪"地重重拍打了一下。高原吓得板凳都朝旁边歪倒了下去。茨格格突然来到教室，说让502寝室的女生和813的男生全部到办公室去一趟，不露声色。

啥，男生也玩手机？

琉璃大梦初醒，迷迷乎乎地跟在室员身后，一一进了办公室。

办公室只有茨格格。

所有人一头雾水。502的女生保密工作做得滴水不漏，怎么会被发现。女生们一齐无辜地望着男生。男生却不好意思地低下了头。

"昨天我通知了家长，让我们一起好好解决吧。"

"猴子，你10月13日晚上11：45发了微信给宏曼。"

"老师，我手机都没有，怎么可能发微信。"

"老子天下第一，是谁的微信名？难道还要我背微信内容吗？"

"老师，我真没有，我天天老老实实睡觉，瞌睡都睡不醒，哪有精神玩手机吗？"

"手机位置显示是男生公寓八幢13号，要不要把宏曼的手机也拿来。"

"老师，不用了，微信是我发的。"

"喔!"茨格格弯下腰，从办公桌抽屉里拉出个透明袋子，十个手机稳妥地摆在那里，像伟大的金字塔，一目了然。

"从最初的四部手机，到五个，时间花了三天，到六七八九十个，竟然只用了一天时间，真是神速!"

"我佩服你们的智囊团，能够想到网购手机进行线下销售，也算是生意做到家了!"

"怎么就不见你们学习上有这么好的劲头!"

……

茨格格盯着他们每一个人的眼睛，严丝密缝，滔滔不绝，没有一点回旋的余地。

他们的头低得很低很低，低过了手机放在桌上的位置。有的人脸火辣辣的，有的人全然不当一回事。但是宏曼心里想，猴子还算够哥们，承认事实，幸好没有把微信文字内容公之于众，虽然不是什么见不得人的，至少保留了面子，下来得好好感谢。

吴宗贝觉得无所谓，跟着她爸什么场面没见过，这算啥。自己倒卖手机不对，但是，市场经济下，要是换到学校外面，这完全不是回事。学校，学校怎么啦，学校不过是社会的一个小小的点。

换不了班主任，换不了英语老师，来段风波也是一段美丽的插曲。她低着的头里，有微妙快乐的笑意。

采儿有些难过。蔚蓝呢，后悔着呢。

想到家长要来，琉璃不知道自己的家长到底谁会来。

采儿妈妈容光焕发，今日也失去了光彩，第一个来，安安静静进了办公室。紧接着是猴子敏捷他爸。猴子爸的身形和猴子身形就是大版和小版的猴子，名副其实，悄无声息地溜进办公室。吴宗贝的小妈看起来比茨格格年轻，浓妆艳抹，蹬着高帮鞋，光彩照人，貂皮小坎肩尽显名贵身份，她高仰着头，和吴宗贝一样骄傲着内心，踏着哒哒哒的脚步，径入门来。

琉璃都快望眼欲穿了，却又希望谁也不要来才好，丢脸的事情还要让"家长"见证，真是名垂青史的一笔。

茨格格说，还有最后一位家长，两分钟就来了，请大家稍等片刻。

接下来的时间沉默得仿佛世界停止了转动，办公室的老师哪里去了？门关得紧紧的，纹丝不动。深秋的冷风质地太轻，吹不起空气中的一丝涟漪。

"嘶嘶"，门被轻轻推开，一个陌生的男子伸进头来，礼貌地说："我是琉璃的舅舅，不好意思，让各位久等了。"

说完，"舅舅"朝女生堆里看了看。然后悄悄坐在了凳子上，像个学生一样。

"舅舅"。琉璃记得好像有一个舅舅，是什么时候见过，那时自己还是个小孩子，跟在表姐表哥们身后四处撒野，舅舅是个无声息的空气人，总是静静做着他的事，琉璃喊过他，舅舅，他朝着琉璃"哎哎"答应两声，又去做他自己的事情了，仿佛舅舅就是为事情而生的。多少年过去，舅舅又冒出了琉璃的记忆，在自己的学习生活中增添浓墨重彩。

他应该还记得我的模样，也许不太记得。

茨格格清了清嗓子，把手机事件的始末简洁、高效地说完，就轮到家长们发言了。

"在现在这个信息化时代，手机在人们的学习生活中扮演了重要的角色，离了手机，恐怕还是不行哦！"吴宗贝的小妈肯定习惯了第一个的位置，抢先第一个发言，仍旧一副傲然的神色，煞有介事地说。

"请问家长，孩子在学校是以学习为主，还是玩手机为主。我们大人扪心自问，我们自己能控制自己只玩半个小时、一个小时，然后全心投入工作吗?"

"不能的嘛。不信,大家可以观察下我们身边,大街上,哪个人不是一边走路,一边拿着手机看,成人的世界办不到自控、自律,学生的世界更办不到!"

"那么我们只好借助学校的力量,老师们的力量,甚至国家的力量,来帮助孩子们养成自律的能力和习惯,从手机做起,从现在做起,等他们年满十八岁,走出中学校园了,那时候你们给还是不给,就是你们家长需要思考的事情了。目前,至少现在,初中阶段是绝对不允许用手机的。"

茨格格气贯长虹。

"老师,没有手机,我们想了解孩子每天的情况很不方便,可不可以某个时段用。因为常打电话到寝室,都在占线啦,没人啦,而且一个寝室几个人共用一个电话,是不是太少了?"

宏曼爸爸抱怨道。

"第一,如果实在很要紧的事情,可以给我打电话,我的电话24小时在线,如果实在没有打通我的,还可以给我们任课老师打。第二,每个家长不可能每天都要给孩子打电话吧,即使孩子有什么特别的事,可以让我打给你们。第三,寝室的电话公用,我们会给家长和孩子强调,尽量合理利用,而不得煲电话粥。"

"老师,你们可以多给孩子讲讲沉迷手机的危害啊!"猴子他爸向老师建议。

"你们问问孩子,我们每周都有几节专门的思品课,老师讲,同学讲,故事、案例、视频,形式各种都有,你们回想一下,是不是?"

十个学生鸡啄米似的齐刷刷地点头。

茨格格拉开右边的第二个抽屉,翻出一大沓记录资料。

家长们认真望着眼前的纸，没有动，神情自然放下来了，更不吭声了。

"别小看孩子们的能力，先前是自己带了手机，交了生活老师，后来，渐渐地越来越少上交了。也不报告，私下里还另去买了手机来预备。再后来，竟然自己玩不够，网购了手机销售给其他同学，真是让我大开了眼界。"

家长们、学生们一片默默无语。

学校的规章制度开学前班主任就发在群里充分学习、讨论了的，家长们心里明亮着呢。当时家长们可是举双手赞成，现在才过去多久，莫不是当众打自己巴掌。

琉璃舅舅又小心翼翼地站起来："老师，感谢您对孩子们的教育和引导，我们已经认识到孩子在学校玩手机的坏处，以后坚决执行学校的规定，配合老师做好孩子们的工作。再次感谢您！"说着，深深鞠了一躬，才慢慢坐下。

其他家长也都一一放下了心，谦逊地道谢班主任，连吴宗贝的小妈都不昂着头了。

礼物

下雪了！下雪了！

整幢楼都快疯了。

琉璃站在窗口，觉得风飕飕地冷。

哪里有雪啊？

南方是看不见雪的。

"同志们，我们出去看雪吧！"蔚蓝催促着大家。

"雪有什么好奇的。"琉璃心想，冬天的家乡漫山遍野是一片白茫茫的世界。落进眼里都不是雪了，是冷。冷的记忆一直很深刻。

那时，家里开着暖气，可暖气的暖一直没有融化那时的冷。

琉璃不想去看雪，一个人静静出去了。


路上的同学兴奋得各具风格。

有一个高年级的男生仰了头，闭了眼，让一触即化的雪掉在他的脸上。

一群女生站定，把头发双手向前拉着，飘落的雪在细细的发丝里显露了它纯净而玲珑的真颜。

一个小孩子打了红伞，背对着他的爷爷驻足，雨点似的痕迹抓了好久也没有满意。

琉璃为他们对雪的痴情迷住了。

一条红色的大围巾从天而降，绕进了琉璃的脖子。琉璃来不及呼吸，就被展颜拥着往前走。

"哈哈哈，够暖和吧！我婆婆嘴妈妈说，这周天冷，硬塞进我的包里，没想到用上了。"

琉璃回头，说声"谢谢"，差点儿流泪，硬逼了回去，赶快挤了一丝雪一般的笑。

"你复习得怎么样了，哎呀，我的语文、外语勉勉强强，数学有点吃力。"展颜和盘托出。

"我，也是数学不知道怎么办？"

"咱们得赶快想个办法不是？"

"请老师补课？"

"来不及了。今天星期三，下周一就考试。"

"管他呢，能补多少算多少。"

上了二楼，她俩就各自朝自己的教室走去。


琉璃一坐下凳子，手往抽屉里一伸，摸到了热乎乎的鸡蛋和一盒牛奶。

"谁这么料事如神，知道我没有吃早餐？"

琉璃的心怦怦直跳。

胖子高原是个粗心人，没有半点留心到琉璃进教室是否带了早餐，更没有注意到琉璃的神情变化，他是个特别不称职的同桌。

阳光上的河流 |

趁着时间早，趁着人少，琉璃偷偷把鸡蛋和牛奶拿到了走廊角落里小心地吃。心里暖暖的。

整个上午，琉璃的营养早餐里像是有无限能量，除了跟着老师复习，琉璃的另一半思绪一直在游离。

到底是谁送的爱心早餐呢？

班上的？

高原没这个情商，不可能。要不问下高原，这不打自招吗？有点难为情。

董语灵，那个篮球小子？琉璃上数学课瞥了好多次，可他的眼里似乎只有数学老师和黑板，没有一丝心灵感应往琉璃回头的企望。

班上都排除了，那肯定是宋名扬。

一想到宋名扬，琉璃的脸不由自主地热了。

因为玩手机的事情，宋名扬其实有先见之明，可是，并没有戳破，也没有怪罪。自从被请了家长，被班主任教育，不过，幸运的是，班主任没有往上级报，更不会像有些学校在升旗仪式上，教导处主任拿着单子在台上神色严肃地念处罚决定，那一辈子就悔了，也毁了。

琉璃特别感激茨格格。

但是，班上肯定人人皆知。

猴子大嘴巴，说不定早就把玩手机的信息传遍了楼上楼下。

的确，好久不见宋名扬了，人家大忙人哪有时间搭理我这种小人物。

有时候就是奇怪，很久不见的人，突然一想，就真的见到了。

难道，冥冥之中有某种力量使然。

第三节课下课，琉璃想去找舒老师来着，在楼梯口竟然奇遇了。

"琉璃。"还是宋名扬先开了口。

琉璃不知说什么了。

"那个……谢谢你!"

琉璃一时语塞,有点语无伦次。

"不客气!"宋名扬以为是上次找琉璃,为琉璃铺垫了心情,而感谢自己呢。

琉璃想着早餐,感到脸热,手心开始出汗,然后莫名就跑开了。

午饭过后,琉璃始终睡不着。她决定下午还是要去找下展颜。

课间总是被老师喊来喊去,琉璃心烦意乱。

放学后的教室空荡荡的,只有几个学生还在窗边观望着什么,偶尔说着话。展颜不在,也许吃饭去了。那么,如果展颜赶着去食堂,说不定会碰上。

琉璃沿着梧桐树大路走,同学大部队已经开过了,剩下的依旧三三两两。虽然有的去小卖部买东西去了,但琉璃坚定去食堂,从一楼到三楼,依次认真找过,没有一点展颜的影子。

奇了怪了,展颜像是蒸发了一样,真是有心插柳柳不成。那干脆先填饱肚子再说。

刚坐下,琉璃看到隔壁班的英语老师也来吃饭。就隔了张桌子,琉璃觉着既然都是熟人了,那就顺便问候一声:

"辛老师好!"

"琉璃好!"

"你也才吃饭。"

"嗯。来得有点晚。老师也是。"

真是没话找话说。

"辛老师,你们班最后一节是英语课?"

"对呀。"

"那个，展颜，你知道她走得早吗？"

琉璃心急乱投医，不知怎么说着就向老师问了起来。

"你认识展颜？"

"认识，毕竟一个年级的。"回答了才又觉得理由很勉强。

"你不知道吧，她下午突然生病，说是肠炎肚子疼，请假回家了。"

"回家了？上午不是还好好的？"琉璃问自己。

"谢谢老师！"

吃过饭，琉璃觉得很失落，又绕着运动场边上走走，她不想进教室。

那一排器械像初来那天一样安静，它们有许多眼睛和耳朵，想要听听琉璃心里的声音。

风也很宁静。

墙外的路似乎消失了车声人声。

她慢慢踱着步，脚下的水泥地长出手来，紧紧拉住她的鞋底。

考试就要来了。

其实，琉璃不是恐惧考试，而是考试后面的一大片空间，该如何度过。

四海之大，何处为家。

晚自习的课间，同学们都在讨论假期的安排。董语灵背靠在桌子上，朝着身边的一群人说："我是打算跟着爸爸妈妈到欧洲去，旅游就是人生，人生就是旅游。所谓行万里路，读万卷书，读万卷书，行万里路。"

"我要去北方的乡下，亲密感受雪花的魅力。""还有北方大地的辽阔、鸡鸭猪狗的快乐！"一二激情大吼，踹了一脚猴子的屁股，

"做你快乐的鸡鸭猪狗去吧!"

"我要每天自然醒,做美梦去!"蔚蓝哈哈大笑。

晚自习的教室,除了同学们的话,还有呼吸的缭绕,关闭的门窗升高了教室的室温,冬天是鲜有开空调的。都说娃是火,果然不假。

要是这火发得不当,还真不知有多少故事。

那晚,琉璃大约是心情的缘故,最后一节晚自习的卷子在下课时候竟然没有完成,只好眼看着课代表拿走,自己留在教室慢慢写完,赶在寝室关灯前才回寝室。

办公室里,两个隔壁班的老师还在,都埋着头哗哗哗快速改着卷子,一边唉声叹气。

"可惜了,在学校待了这么多年,就因为管学生,打了学生,学生不仅还手了,还告到教育局,这一告就被开除了。"

"是啊,才不管你以前的功劳苦劳。一笔勾销。"

"心凉!"

大约是琉璃脚步太轻,他们竟然没有发现有学生进去又出来,仍旧头也不抬,哗啦啦地不停翻着卷子,眼不离笔。

回到寝室,同学们几乎都窝进床里了,数九天怪冷的,即使开着空调,琉璃也觉得心里空落落的。

她洗了脸刷了牙,打来热水一边洗脚,一边发着呆。

"琉璃,想什么呢?这么痴情。"宏曼大声问,琉璃吓了一跳,脚踩在脸盆边沿,把盆里的水踩了个稀里哗啦四下奔流。

"我的祖宗,你这是要水漫金山啊!"蔚蓝来不及穿外套从床里蹦出来,咚咚咚下了梯子,赶快把自己的妈妈下午送来的纸箱子搬开。帮着琉璃拖了地,琉璃又用干拖布一点一点碾干,要是谁摔倒了,自己可负不起责任,这些姑奶奶。

灯熄了，琉璃把一天的疲惫交给了床，想在睡眠中释放所有的情绪。走廊里静悄悄的，但安静中的眼睛一双接一双闪过她们门上的玻璃。

查夜，其实是公开的秘密，谁不知道，整个夜晚不定时来来往往没有声音的脚步，和莫名其妙闪亮的声控灯，一切尽在不言中。

所谓，道高一尺，魔高一丈。有些人生来就灵敏地能嗅出每一处的规律。今晚的卧谈自然免不了。

"啥？一班的有个男生喜欢我们班的女生？"采儿反问。

"你们消息也太不灵通了，据说，今天早上还默默地送来了早餐。"吴宗贝压着嗓子使劲说。

"谁呀？"

"具体是谁也不知道，只是有人看见往我们班送的。"

"你想，不是恋爱中的人，哪有这样献殷勤的？"

"说不定是表哥表妹之类的呢！"

"表哥表妹！亏你想得出来！"

……

琉璃被她们的谈话更乱了心情，在床上翻来覆去。

"还有坏消息，你们听说了吗？"

"啥坏消息？赶快说！"

"说了有什么好处？"

"不说，我们就全部来打你！"

"来呀，来呀！"

"快说，快说！磨蹭啥？"

"你们说，都期末了，五班的班主任连最后的日子没有待完，被学校解除了。"

"我听说，那个学生哦，班主任因为他上课时歪坐，好言相劝，就顶撞老师，老师也不是好惹的，顺手打了他，学生也不是好惹的，就还了手。于是吧，结局就成了这样。"

"哎呀呀，我的老天，简直无法无天了。"

"当时，那个学生哦，说什么我心情不好别来烦我，然后还骂老师呢！"

"你咋那么历历在目呢？"

"我消息灵通！"

……

琉璃的思绪翻飞了。

她们说的班主任其实就是教琉璃她们的体育老师。

哎！琉璃在心里忍不住叹息。

也许明天大家都会好起来。


她们习惯了琉璃的沉默寡言。低一声高一声的话语像风中的催眠曲。琉璃又开始了漫山遍野的寻找之路。她不知道，为什么梦里很多的场景总是很熟悉，又很陌生，明明看见就在不远处，却那么艰难跋涉，差一堵墙的距离，即使已经翻坐在墙上，只需要跳下去就可以了，梦就偏偏被清晨的起床音乐惊醒了。


展颜还会来考试吗？展颜才不怕考试呢。考试是寒假的美好开始。

考好了就是喜剧，考不好就是悲剧。谁说的，作业说的。对于自己，考得好不好有什么区别？作业，天天有作业不是就有事情做了？

天空一如既往地灰白。望不透的宇宙到底有多远？

最后的早自习，大家都在拼。

有蒙住耳朵坐在地上的，有在教室外走廊上把书放在阳台上大声背诵的，有两三个人背靠背翻着笔记本的……

茨格格说，不论你以何种姿势，只要你专注。

舒老师绕着教室的过道里走，每张桌子被等距离分开了，过道显得有些狭窄，舒老师侧着身子从每个同学身边轻轻走过，她看着同学们聚精会神地做最后的冲刺，脸上有淡淡的喜悦。

最后，她走上讲台，在黑板上写下了八个苍劲有力、气冲云霄的大字，让全班齐声读了三遍，果然气势非凡。琉璃的灰白心，突然有六分的激动，四分的平静。

"作文，记得，一定写完!"

早自习的下课铃声有力地响起来。舒老师和每一个学生热情击掌、拥抱。在拥抱里，琉璃感觉自己是上战场的斗士。

她紧了紧手中的笔袋，朝自己的考场走去。

同学们被分到了年级里不同的教室，路上此刻的来往更激发了昂扬斗志，每个人都志在必得。碰到熟悉的面孔，打声招呼，继续往前奔。

琉璃习惯回头，仿佛看见一个笑，意味深长。


教室，坐定。好一会儿，老师哗哗哗发答题卡、草稿纸，又好一会儿，老师又发着卷子。老师提醒都写上班级和名字。每个人都快速写好名字，又放下笔，静静看着试题，等待做考卷的指令。

"可以做题了。"

只听得笔声如水声，在纸上哗哗，流动的，何止是动听的乐曲，还有每一天付出的收获。希望是美好的收获。

琉璃按照平常的节奏，选择题、诗句补充题、诗歌题、名著阅读题、现代文阅读题，A卷做完看时间，差不多半个小时。最后留一个小时写作文，然后马不停蹄做 B 卷。

考试就像跑步，每个人有自己的节奏、步伐、呼吸、双手的摆动。

在时间的大海里，每一个人也是一艘船，在自己的海里认清方向，起锚，前进。

B 卷，常常更难，方法也是有的，琉璃喜欢语文，所以谙熟。手有些累，琉璃甩甩手，眼睛往上瞧去，她看见讲台上一个老师，一动不动地望着自己，望着教室的每一处风景，后门坐着另一位老师，看透了自己的后脑勺。

这是一篇关于亲情的文章，琉璃读着读着，差点儿掉了眼泪。她总能把自己带进文字深处，虽然自己很少拥有这样的体验，但仿佛文中的"我"就是自己。琉璃没有恨。

她知道，来到人间，没有权利选择出身，选择父母，那就勇敢向前吧，像展颜的嘻嘻哈哈，像宋名扬、董语灵。

作文没什么难的，看了的书，书里的字，自然就倾泻到这方方正正的格子里，直到 600 字的要求下面，最后一排的第三格停止了。

时间的海，还有二十分钟，1200 秒，你慢慢地跳动吧，心爱的秒针。

"最后 15 分钟。"

就听见教室里断断续续桌脚刮动地面的摩擦声，摇头晃脑的筋骨声。

"坚持。坐住。放好自己的卷子。"前后的老师已经站了起来，在两旁的过道里轻微地来回走了。一会儿给这个把卷子往桌上收一收，一会儿，弯腰把地上的笔捡起来，一会儿，有人把纸团掉地上了。

磨皮擦痒。千姿百态。

有人忍不住掩面窃笑。

窗外，一个男生气冲冲地跑了过去，后面的老师风一般跟着，地板有地动山摇的感觉。

有人使劲伸了头，往外看。

"保持安静，保持坐姿！"老师敲着桌面，严肃提醒。

教室又出奇安静了起来。

刺……

第一堂考试圆满结束。

人群哗然。

回到班上，依旧热闹。对答案的，说作文的，谈阅读的，各有各的故事，各有各的欢欣，或者回神的震惊。

茨格格不慌不忙地走进教室，同学们迅速落了座，把政治、地理书拿出来摆个样子。


回寝室的路上，关于考试教室外奔跑的一幕，至少已经听到了五个不同的版本。

有人说，考试作弊了，被老师抓到，然后逃跑了。

还有人说，是做卷子觉得题目太难了，把卷子抓成一把扔掉了，跑出来。

还有人说，是因为听到家里传来的噩耗，说有亲人去世了，忍不住悲痛。

最传奇的说法是，他突然想起妈妈说，今天是他们家第二个孩子的预产期，他要回家去看。

还有一个版本，琉璃觉得简直像多幕剧。但是她想，事出必有因，慢慢等待吧，等什么呢。自己的事情还没有理清楚呢。谁的事不是剪不断理还乱。

校园博物馆的午后静悄悄的。

一棵高大的皂荚树空荡荡地站立角落，枝头摇晃的皂角像一只只长长的耳朵，偷听季节的往事。琉璃不知怎么就走到了这里，突然听到了两个人的话。

"你还说在意人家呢，前天让你送个早餐，怎么没有送来？"

"送了的啊？！"

"送了，鬼才信你的话。"

"你不是说在倒数第三排靠窗的第二列那个座位吗？"

"你不会认名字吗？是倒数第三排靠窗的第二列的那个座位。"

"位置是那个位置啊！"

"你走的二楼的第几个教室？"

"靠办公室第三间。"

"第二间才是。"

呜呜呜，女孩又伤心哭起来。

"宝贝，是我错了。我错了。下次绝对不会。给个机会，一定弥补！"

琉璃大惊失色，赶快逃离了是非之地。

散学典礼在仁爱大礼堂里举行。琉璃没有想到，她以为考完试就可以走了。还有这一出大戏。散学典礼不是毕业才有的吗？在以前的学校里似乎是这样。

每个人都着了最漂亮的那套校服，按照班级鱼贯而入。位置是划定好了的，琉璃他们跟着班主任到了指定地方，按顺序依次往里走。最后一个是琉璃，琉璃一坐下去，发现两道摄人的目光，宋名扬，竟然在身旁。

"你们班先来了？！"

"一班，肯定先来。"

琉璃就找不到话了。

"你们班展颜，来了没？"

"生病回家了。"

琉璃明知故问。

"寒假有什么打算？"倒是宋名扬转移了话题。

其实是琉璃的难题。

"当然回家！"琉璃假装很干脆地说。

说完又发现好像答非所问。但琉璃也不想解释了。世界上最麻烦的事，就是解释。

四个主持人惊艳登场，其中一个是董语灵。台下台上还真是不一样呢。明明是初一的学生，光闪闪有明星风范，话筒里传出的声音有股优雅而魅力的磁性美。

校长去台上致辞。

致辞简短有力，台上台下一片欢呼和掌声。

"时光飞逝，日月如梭，回首往事，已过六分之一的少年岁月，美好，阳光，青葱而向上。虽然我和你们天天在一起，但我多想成为你们——我可爱的少年们，人生最快意，明天最璀璨，一切都可期的最好的年代。

"今天的散学，是开学的总结，更是下一个三月天的开始，你准备好了吗？你准备好过一个充实的假期了吗？你准备好了下一学期的开学吗？你是如何规划你的现在，你的一星期，一个月，一学期，一年，又一年，整个人生的？

"少年们，今天我们在这里相聚，是共同见证我们韶光满怀的第一个寒假，初中的第一个年，不是放飞，更不是放纵。你们的心思我懂，我的心思希望你们也懂。和家人团聚，和自己对弈，享受家庭的欢乐，人生的拼搏，生活的乐趣。没有一个冬天不可逾越，没有一个春天不可来临。

"谢谢大家用心的努力！

"祝大家天天开心！向上！向善！"

校长的致辞是专为自己定制的吗？琉璃的低落，彷徨的心突然落了地，茫茫的假期，一种逼人的气不见了。

"规划"，一个多好的词。我规划过自己吗？十三年来，我在随波逐流里飘来荡去。现在，我要握住我自己。

琉璃感觉自己在膨胀。身旁的宋名扬，台上的董语灵，变得遥远而不可及。


大多数同学都在爸爸妈妈左扛右提中空了双手，上了自家的车，回去了。琉璃推着拉杆箱，双肩背了包，在爱的校园里踱着。走出校门，就是另一方天地了，现在没有，将来就有了。

去舅妈家的公交车站台要走一段路，天还早着呢，索性走一段路吧。舅舅、舅妈认识我吗？我认识他们吗？好多三轮车驶过，有人大声问，要不要坐，被琉璃一一拒绝了。

拉杆箱的轮子压过每一块砖的地面，琉璃习惯去观察，即使压过千千万万的脚步，它们似乎没有留下多少痕迹，路，还在那里，过往的人哪去了。琉璃决定，先去舅妈家待一天，然后回姥姥家。

但是，她忘了观察身后。匆匆的脚步，突然，有人拍了她的肩。琉璃回头，一张可憎的嬉皮笑脸：张芜晴。

"琉璃，别急着回家，听说你家挺远的，今天帮我一个忙，可好？"

"我能帮你什么忙？"琉璃好脾气地问。

"那个一班的宋名扬，和你关系很好，帮我约出来下，我找他有点事。"

"你可以自己给他打电话啊?"

"叫你是看得起你。还傲着面子?"

啪!

琉璃的脸猛地挨了一巴掌。愣在那里。痛在那里。

张芫晴身后的少年们全都笑得乐开了花,对琉璃指指点点,然后慢慢走远了。

大约两个小时,舅妈家到了。

舅妈说,他们家住在一个旧的小区,没有电梯,上上下下靠步行。舅妈说,他们家住五楼,幸好学校也习惯了走楼梯,所以走舅妈家,即使提了个大箱子,也没有想象的艰难。但此刻,琉璃艰难走上一楼,休息一会儿,她知道,此刻舅妈舅舅上班还没有回家,她的表哥表妹多半在外面上补习班。只是打电话说要回来,其余的就只能靠自己了。

敲门,没有回应。琉璃只好在楼道里低着头等着。

舅妈家的门和另一家的门是对着的。楼道的转角处是用砖砌成星星模样的造型装饰,光线很好。白的墙壁有些斑驳,上面有很多的划痕,还有一些稚嫩的字迹,组不成句,更连不成篇。它们像无数双眼睛,看着琉璃的心事,无处释怀。

不知道脸上青了没?如果问起来,就说自己晚上上厕所撞到了墙上吧。

一会儿,舅妈打了电话,问琉璃在哪里?说自己到楼下了。

不一会儿,表哥和表妹的争吵声从楼下传来,舅妈无意按响了自行车的铃声也一并传来,生活的气息骤然升起。

"舅妈回来了!"琉璃猜测着喊。

"琉璃来了！"

表哥和表妹听到琉璃的声音，放肆比赛往上跑。

"妈妈，哥哥不等我！"表妹赖在三楼告状。

"妹妹自己跑不动，我要是拉着她，待会儿摔倒了，又要怪我。"

矛盾只有开始，没有结束。却有永恒的欢乐。

琉璃不由得想起自己同父异母的哥哥来。冷中有热，还残留着亲近之感。

琉璃接过舅妈手中的菜，舅妈拿钥匙，开了门。

舅妈接过琉璃手中的菜，帮着推箱子，进了门。

表哥把电视打开，和表妹开始抢台。表妹要看动画片，表哥要看电影频道。琉璃想，他们俩真是不是冤家不聚头。只有在心底摇头。

琉璃把箱子放在阳台上，洗了手，就去厨房帮舅妈拾掇菜。

"琉璃，还是你懂事，你看你哥，成天和你妹妹抢来抢去，那么大了，一点不让着妹妹，和你妹妹一样小。"

"哥哥，也不是不懂事，是觉得有趣吧。"

舅妈会心一笑。

晚餐舅妈买了两个凉菜，炒了三个热菜，还有一个汤，够丰富了。

琉璃盛了饭，摆了筷子，舅舅就回来了。

表哥和表妹在沙发上又为游戏机主板在抢，表妹抢不着，躺在沙发上，横蹬竖蹬着沙发罩子。表哥在沙发上蜷缩地躺着，打得难舍难分。

"煜儿，带妹妹洗手、吃饭。"舅妈在厨房大喊。

"她自己不晓得洗？"

"你就打游戏，不管你妹妹，你不吃饭吗？"

"我暂时不饿。"

"不饿，好，你不要吃，有本事不要找零食。"

"妈妈，哥哥用你给的钱在外面买东西吃了。"表妹继续向舅妈道出实情。

"妹妹，姐姐给你洗手，好不好？"琉璃想帮忙。

"不要姐姐，我要妈妈洗。"琉璃碰了个钉子，脸上红红的。

舅妈终于从厨房出来。抱表妹去洗手间洗手，琉璃看着热气腾腾的菜，有点不是滋味。

"琉璃，来坐，不管他们。"舅舅换了衣服出来，招呼琉璃坐下吃饭。

琉璃挨着舅妈，表妹也挨着舅妈。表妹一上桌，就把自己喜欢吃的菜拉到了自己身边。

舅妈把菜移回去，表妹就大哭了起来。

"让她哭，不管她，太不礼貌了，只管自己吃，还管不管别人了。"

等大家吃得差不多了，表哥才扔下游戏机，拖着拖鞋去洗了手，坐下来扒拉着饭。舅妈压着火气，舅舅笑嘻嘻地劝着琉璃多吃点菜，琉璃小心地吃着饭。

吃完饭，琉璃帮着舅妈收拾碗筷，洗漱。

舅妈又去弄表妹了。表妹没睡午觉，开始犯困要睡觉了，乱吵着这样不是，那样不是。

琉璃收拾好锅碗瓢盆，把厨房的地也拖干净了。

舅妈哄睡了表妹，开始洗衣服。

琉璃坐在客厅里，和表哥、舅舅没有话说，也不知道说什么。

舅妈家只有两个房间，琉璃只好睡卧室。

琉璃想，我还是回北方吧。北方的天空，有多少年没见了，是不是还是当初的辽阔、高远。

琉璃才想起，怎么忘了给舅妈、表哥、表妹买点过年的礼物呢？作为女生，实在太不细心了。

寒假

琉璃把拉杆箱用劲抱进了出租车的后备箱，往火车站去。

人山人海，这才是火车站的真实面容。琉璃被人们回家的壮观场面感染了。在人潮汹涌的河流里，感受到人间的烟火气是那么鲜活和浓烈。她循着买票的浩浩荡荡的队伍一点一点挪移，每个人都大袋大包，左拎右拉，肩扛背背，扶老携幼，生活的小美好是从回家那一刻开始的。空气的躁动都是热烈的，琉璃闭了下眼，闹嚷嚷的四下里像无数只小鸟的雀跃。

等待也是快乐的。

琉璃把学生证递给售票员，售票员边看边往电脑里敲着，一会儿就把票和证递了出来。琉璃看了票上的指示，转向进站的方向。电梯上也挨挨挤挤的，然后，分散，人们各奔东西。

火车还没有来，人们在站台上等候着。站台是好地方，琉璃想起电影里常常有站台分别的场面，总是恋人一方在车里，另一方在火车出发的时候奔跑在站台上，然后，就没有然后了，惹得观影人泪流满面。不过，现实中，谁还会追火车呢，肯定追不上啊。

广播里高声温馨提醒大家注意安全，站在警戒线以内，说列车马上就要进站了。果然，绿皮的像龙摆动美妙身姿的火车就气昂昂地来了，强劲的风里有站外的冷和站内的热混合，凝聚在一起。所有人开始急匆匆找自己的车厢，生怕火车开走了，火车不等人，飞机不等人，时间不等人，生命旅程，谁何曾等过谁。是你的，怎么都跑不掉，不是你的，怎么挽留也不成。

琉璃胸有成竹地走上八号车厢，很轻松看见自己靠窗的座位空着，琉璃往座位下努力塞了行李，坐在位置上。车厢里，又陆陆续续上来一拨又一拨人，没有座位了，没有过道了。

呜，一声长啸，向远方出发。

摩肩接踵，成语像流水不断往琉璃头里冒。生活中才是学习成语最贴切的地方。记得有一次是一个选择题，选出成语使用错误的一项。舒老师看文一二要走神了，把他叫起来，文一二口不择言，说选 C。说理由，舒老师要文一二分析为什么选 C。"A 不对，B 不对，D 不对，C 对。""要说具体原因，分析成语的意思。""意思，没什么意思。"全班同学哈哈大笑。

车厢里，有人开始凑对打牌了。打牌不是南方人的专利，全国各地很多人都喜欢纸牌，场地和人都很自如。尤其是现在，凑四个人是再简单不过的事。一会儿，车厢里更加热闹了起来，年轻妈妈哄小孩的，聊天的，打牌的，看热闹的……

琉璃享受着热闹，也不禁往窗外远望去。农田、房屋、天空，闪过又来，如同无穷无尽的山水画。

车轮和轨道有节奏的声响，喇叭播放着音乐和站台提示，秦岭到了。

琉璃立刻回过神来，秦岭，地理老师曾讲过秦岭—淮河一线成了中国地理上最重要的南北分界线。冬天，秦岭阻挡寒潮往南进入南方地区；夏天，阻挡湿润海风进入北方地区。语文老师也谈起过唐朝尚彦的《冬暮送人》，赏析过秦岭雪的诗句：射衣秦岭雪，摇月江汉船。一看，果然，茫茫苍苍的山，没有千里冰封，也有万里雪飘。语文是生活的语文，生活是语文的生活。现实中，文学来得那么轰轰烈烈，激荡人心。

琉璃的心中，好像有零零碎碎的文字在飞，在舞：

你从无边的宇宙，凝结晶莹

飘落，

空中，途经一场无人知晓的起伏

大地，接住了你的灵魂

即使化开心来

仍旧洁白，无处可寻

如果，我是那雪花，从千万年前经过，又于今日滑落你的窗前，秦岭，你还认识我吗？

琉璃想站起来，站在秦岭之巅，向天地大喊：我是琉璃，人间的琉璃，孤独的琉璃，火热的琉璃！

"妹妹，你一个人回家？"

琉璃兴奋的心情一下子被吓跑了，她望着那个问他问题的中年男子，没有回答。琉璃第一感觉是不是人贩子，突然警觉起来。

男子国字脸，身材高大，眼炬如光。转念一想，不像坏人啊？难道坏人好人写在脸上？伪装术高明的时代，什么手段不能使用？千万不要暴露自己。但是自己一个人，怎么办？

"我的女儿也和你一般大小，在老家读初中，我也是常年出差在外，只能每次春节才能回家。"

哎呀呀，套近乎了不是。琉璃的心提到了嗓子眼儿上。

天暗淡下来，窗外慢慢变成黑的帘幕，围在呼啸的火车行进里。火车内的风景逐渐明亮了。

"你不用怕我，真的，我不是坏人，也不是人贩子……"

哪有坏人说自己是坏人的？

琉璃快要喊出来了，却有没有喊出来，喉咙像有什么堵住似的。

一个熟悉的身影飘过。"辛老师?!"是梦游吗？琉璃喊出了声。

"二班的琉璃！怎么是你！"

果然是辛老师。

琉璃觉得，辛老师真的是上帝派来拯救自己的。

"辛老师，你怎么在火车上?"

"我要去济南旅游。"

"就是老舍笔下的《济南的冬天》的济南?"

"对呀!"

琉璃简直要仰望辛老师了，不过，看起来，辛老师好像是一个人，一个人周游世界，多好。

世界，有时很大，有时真的太小了。


琉璃和辛老师分别，又转了班车。

一夜无眠，刚上班车，睡意袭来。琉璃其实身上没有什么贵重物品，但想起一个人睡着了，是很不安全的，所以她尽量支撑自己醒着。哪怕睡着，也要装作醒着。这其实特别难，长路漫漫，漫漫的不仅是路程遥远，更是时间熬人，它熬尽你的心，你的肝，熬尽你的血和泪。不知哪一瞬，琉璃一个激灵，手上的时钟指向下午两点。

一觉醒来，姥姥的村庄到了。

琉璃拉着箱子，水泥路的声音阔别了多年，童年的深邃记忆里仍有余味。琉璃闭着眼，仿佛那个笨笨的可爱小女孩从旧时光里就跑了过来。

清新的麦苗香气从遥远的天际汇聚，缭绕不绝。大地在旋转。笔直、光秃秃的白桦树穿过风与鸟的密语。辽阔的土地，土地上的辽阔，情不自禁拥抱了自己，琉璃伸出双手，指尖的凉意有雪花滑过，拥抱它们吧。似乎有一种声音在悄悄告诉她说，这里是你的故乡，是你心灵寄存美好记忆起航的地方。

琉璃想沉下来，沉浸时间与空间深处，做一个梦，一个自由、快乐的梦。

但是，琉璃必须向前，村庄里很安静，偶尔鸡犬相闻。拖拉机懒洋洋开过的样子像一只蜗牛在叶子间的闪烁。

姥姥还记得我吗？琉璃悄然想。

琉璃迈上了砖砌的通往一座座房子的小路。

"大娘、大娘，这不是你家中芹的女儿回来了吗？"琉璃听到声音，很是吃惊，便看见个妇女慌忙往一个低矮的院子推门而去。

院子里的狗热火朝天地吼起来。

紧跟着妇人出来的是一个老人。老人喊了声"小璃"，琉璃听着有断肠的感觉，刚想到《天净沙·秋思》"断肠人在天涯"的句子来，便被抱住了，紧紧的、瑟瑟的，还有热的泪掉在了琉璃的衣服上。

好一会儿，琉璃才被老人松开，她怔怔地从拥抱中寻找蛛丝马迹，温暖，是的。她好久没有被人如此宠爱了，这突然的爱让她有点始料未及。

"女大十八变，大娘，你看那时的孙女才那么点点，如今长成漂亮的大姑娘了！像极了她的妈……"妇人便噤了声。

"我的乖小璃。"老人说着，又揉着眼。

"姥姥，我不是回来了吗?"说着，琉璃一手拉着箱子，一手去拉姥姥的手，宽大而粗糙，往院子里去。

院子是黑砖砌的，有一人多高，进门右边堆了整整齐齐的被截断的树枝，拐角一个小屋，一只大狗被系在小屋和压井间的铁丝上，还在跳起来奔向琉璃。

"你这狗也是，真的不认识人了，小璃，小时候还和你玩过呢。"

都说狗通人性，姥姥这么一说，那大狗果然停止了奔跳，只轻轻吠着。

左边停了一辆耕地的拖拉机，拖拉机上还搭了个棚。

姥姥牵着琉璃走向一间三开间的堂屋。

"你舅妈说你大概今天到，果然就到了，来，小璃，把箱子放这里。"姥姥往左边挑了门帘，来帮着琉璃放箱子。琉璃让姥姥一起拉着箱子进入里屋，竖放在一个淡黄色的衣柜旁，把拉杆收了回去。

和衣柜面对的是一张床，大红色的被子喜庆而柔软地叠着。

"小璃，来，洗个手。"姥姥拿着架子上的盆倒来了冒着热气的水。

琉璃伸进双手，温而不烫，棉质的洗脸帕熨帖了风尘仆仆的脸和心。

"小璃，饿了吧，姥姥给你做吃的。你稍等一会。"姥姥把琉璃的洗脸帕拧好，出门倒了水，去厨房了。

厨房在三开间的一间，要出了堂屋，才能到。

琉璃想去厨房帮忙，一看，乐了。是土灶，得烧柴火。像以前读小说里的文字叙述的那样，简直美极了。

　　"小璃，不用，姥姥自己来，小心把你的手和衣服弄脏了。" 琉璃刚进厨房，就被姥姥喊了出去。

　　好吧，享姥姥的福吧。琉璃只好站在旁边。姥姥往锅里打了水，盖上白皮大锅盖，灶膛里用柴火引燃，就加入了好些树枝。姥姥一人兼顾两头，游刃有余。不一会儿，一大碗面就起锅了，加了料，香喷喷的，琉璃大口大口地吃着。姥姥一旁看着，又转过身，抬了左手。

　　吃过饭，收拾好，琉璃跟着姥姥去了猪圈。

　　姥爷正在猪圈里做清洁。姥爷话少，见了琉璃，喊了声，就又埋头干活了。

　　姥姥说，有头猪快要下崽了，得随时照看着。

　　琉璃随姥姥到了那个猪圈前。一头黑色的挺着圆滚滚肚子的猪，正躺在墙的一方，睡觉喘气呢。它一定梦见了许多活蹦乱跳的小崽仔。

　　回到家，天已经黑了。风从屋后吹过猛烈的声响，琉璃发觉脸上干裂得有些生疼。她深信南方养人的除了水土，还有风。因为下午吃了很多面条，晚餐并不饿，姥姥熬了粥，蒸了馒头，还炒了猪肉辣白菜，琉璃吃得少。姥姥以为是饭不合她的胃口。就悄悄对琉璃说："小璃，明天我们去买口电火锅吧。我听说南方人爱吃火锅，你在那里读书一定习惯了吧。"

　　"姥姥，吃什么都行，我吃什么都可以的。"但姥姥还是坚持要去买。琉璃也就不多说了，随姥姥的心意吧。

　　琉璃的确很累，躺进床里，一觉到天亮，连平时最喜造访她的梦境，都毫无影子。

　　天亮了，院子里安安静静的，大狗也没有叫唤，琉璃下了床，出了门，看见琉璃出来还摇了好几下尾巴。几只鸡站在拖拉机上，一只脚缩进羽毛里，眼睛微闭。压井旁边水盆里的水起了一层冰。琉璃搓搓双手，脖子往衣领里也缩了缩，真叫一个冷。

姥姥去哪里了呢？上街去了。那我怎么办？

猪？对，猪！

琉璃激动得快要跳起来，突然去拉院子的大门，把狗和鸡都吓着了。

"十六头。"琉璃差点儿惊掉了下巴。

姥姥正在猪圈里照顾猪宝宝和猪妈妈。

天呀，小猪真小，都说小的可爱，不仅人小可爱，猪小也是可爱。也许世间小的事物都可爱，然后长大了，就变得普通了。

你看，天呀，那些小猪，虽然小，却天生会挤位置，会抢着吃奶，还会你拱我我拱你游戏呢。

姥姥给小猪垫了好些柔软的草和不要的衣服，那么多猪拥在一起，一定很暖和。对猪来说，没有一个冬天不可逾越，没有一个春天不可来临。琉璃想起散学典礼上校长的精辟讲话，也适用于猪，不禁心底乐开了花。


姥爷开了辆三轮车先出发了。

姥姥骑着三轮车，琉璃背对着坐在后座上，戴了姥姥的帽子和自己的大围巾，一路浩浩荡荡地赶集了。


"二大爷，你都回家了。"

"他三大，买这么多！"

"他二爹，你这条鱼可大哩！"

姥姥在前面开着车，一路热情地和熟人打着招呼。也一路回应着他们的问话。

"哦，我这后面载着的啊，是小璃，我大孙女。"

"是啊，当初才会走路呢，如今都长这么大了！"

"快，当然快啦，我都老太婆啦！"

"不老，不老！"

一阵阵哈哈，一阵阵朴实的乡情在长话短说里浓情蜜意。

琉璃觉得一切都在向前，又一切都在往后，她都有点迷惑时光到底是往何处在流。

城里的集市没有白天黑夜，也没有逢集的说法，天天都可以去。

乡下的集市是隔两三天才一次，当然，实在要去买东西，随便去就是，只不过赶集日人多，热闹。

人就喜欢热闹，但常常孤独。

就像那些小猪，长成小猪崽，被卖到不同的地方，长大，屠宰。待宰的猪们。可怜的猪。

人，不可怜吗？

生下来被投在人间，孤零零地散在东南西北，然后各奔前程，不断向生命终点而去。人，活着，有什么意义。

像姥姥一样，养育三个子女，现在他们独自在老家侍弄一群猪，一片庄稼。然后老去。

集市到了，琉璃下了车，吐出的气仍是白茫茫。姥姥推着车，琉璃搭把手，轻轻推着。人声鼎沸，车挤车，人挤人，热热闹闹往前流。街上，路边到处摆满了摊，吃穿住行，尤其是年货啊，那叫一个丰足。

找到了厨具行，姥姥把车停在外面。老板迎上来，问姥姥买什么。

"火锅，这种，便宜又实惠。"

"好一点的呢？"

"好一点的话，就这款了，受热均匀，又不耗电，烟气少。"

奶奶看了看价格，选了款稍贵一些的，然后问："有没有两种，同时可以煮辣的和不辣的。"

"您老挺时髦的，您说的是鸳鸯锅啊。有，肯定有。"老板拿出来，和南方的火锅造型一模一样。只是锅旁有个小尾巴，需要插电。

然后拖着火锅转去菜市场。

姥姥先去看鱼。北方的鱼长得粗犷而豪爽，就像北方的天空，明明很冷，太阳却当空照。选了条大鱼，七八斤重，姥姥说，琉璃来了，得让你好好吃吃姥姥的炸鱼块，可香啦！

"好！谢谢姥姥！"

"说什么谢谢？要说中！"姥姥哈哈大笑。皱纹被抚平，又笑皱了。

大鱼摊生意很好，才一炷香的工夫，这个一条，那个一条，就被拿完了。看来，炸鱼算得上姥姥这里的网红菜了。

蔬菜摊上，比起南方来，就显得单调些。只有蒜苗啊、白菜啊、土豆啊。怎么又想起南方的蔬菜，都感觉肚子暖和了呢？

一座大桥横跨河上，冬天的河干涸，显得空荡荡的，有些深邃，街上比河拥挤得多。

最后去了调料铺子，买了些八角、大茴、十三香、辣椒面。琉璃又坐上三轮车，回家了。


吃了火锅，琉璃心满意足。坐在院子里，看姥姥忙前忙后，刷了锅碗，又忙着弄猪食。她看着院子里的一棵树，直伸向空中，仿佛被天吞没了。

深蓝蓝的天，简直把人的心要蓝化。

学校，在天空的哪一方？

展颜，在天空的哪一方？

她摸出手机："展颜，生病好了没？寒假一切可好？"打好了两排字，又一个个删除。

"展颜，我到了姥姥家，一切都好。"琉璃又删除了。

"宋名扬，期末考试怎样，成绩一定很理想吧。你在哪里度寒假？我在北方的姥姥家。乡下可有意思了！"

"董语灵，你不知道，我第一次坐火车碰到谁了？当时惊心动魄的场面啊！"

……

她全部按了删除键。

也许，同学最好的关系是不用时时想起，但永远不会忘记。那就算了吧。

饱食后，是心灵寻找方向的时候。

琉璃想着，要不看看寒假里老师布置的名著阅读。

她翻出了《简星》，还有《沉沉》。她觉得，让厚的篇幅压住自己飘起来的心吧，于是放下了《简星》。

听同学说，《沉沉》特别好看，情节动人，抓魂一样。

琉璃翻开第一页，右上角圆润的字像露珠滴进她的眼帘：想你所想，爱你所爱，天地飘飘，都是你的所在。

没有序言，也没有内容梗概。不像现在好些小说，一翻开，前言啊，后序啊，内容简介啊，名人推荐啊，直费了好多周折，才能翻到正文阅读。

大作就是大作，言简意赅，直奔正文。

说的是 20 世纪七八十年代的一个北方村庄里，两个年轻人从村庄到城市奋斗的故事。故事开篇下雪了，雪下得纷纷扬扬，洋洋洒洒，几天几夜，那是百年不遇的大雪啊，男主人公即将出场了。

门嘎吱打开了，琉璃忘了是屋外，还是小说里的声响。

果然站了一个高大英武的男生。

琉璃的眼差点儿花了。她赶紧眨巴了几下，又揉了揉，才隐约听见喊自己的声音。

"大奶，琉璃在哪儿呢？"

"他是谁？怎么认识自己？"

琉璃放下书，站了起来，怔怔地。

"你是琉璃，小时候我还抱过你呢！你不记得了？"阳光顿时踩进河流。

"你太小了，肯定记不住了，我是你阿牛哥啊！"

"阿牛哥好！"琉璃反应快，低低喊了声。

"大牛来了。"姥姥从院外走进来。

"快来坐！"姥姥端了把椅子让阿牛坐。

阿牛很快活，也不谦让，坐了下去。

"小璃那时的确太小了，大牛，你别见怪。"姥姥为琉璃解释。

琉璃没有一丁点儿印象。或者，当时所有的经历都没有刻下半点痕迹。

"你小的时候，你大牛哥经常逗你玩，抱你玩，是真的。现在，你大牛哥都读武警大学了！"姥姥说起大牛，感觉像自己的亲孙子那样熟悉。

在奶奶的村庄里，大牛哥算得上是村里的骄傲了吧。那么，大牛哥是我学习的榜样了。

怎么说，琉璃也在大城市混过，见过些世面，见了生人也该胆大些，何况还是小时候的熟人。

这样一想，琉璃倒是放松了不少。

"向大牛哥学习。"琉璃站起来，冲大牛哥笑笑。

"学习，不敢当。你现在不也在名校里？"大牛哥夸道。

又聊了好一阵，才散。

走的时候，大牛对琉璃说："我妹妹读初三了，还在学校补课呢，过两天就回来，你有时间来家里玩。"

琉璃点头答应了。

第二天一早，琉璃醒了，脚趾冷得发痛。琉璃奇怪了，怎么会脚趾发痛呢，一走到窗边，震撼了：瓦白了，墙白了，地白了，树白了，压井也白了，天地白茫茫一片，亮堂堂。

姥姥的脚步声响起。

"琉璃，来，换个鞋子，暖和些。"

姥姥提了双厚重的靴子，鞋底高跟，像古代宫廷里女子的鞋子模样，鞋帮里全是棉花做的。琉璃一伸进脚，热量就来了，带电似的。身高骤然升了五六厘米，更亭亭玉立了。

姥姥说，上午要去麦地，给麦子再施施肥。琉璃没什么事，跟去了。

姥姥的脚印一行行向前，琉璃的脚印也一行行向前。路上的雪被踩出了不同鞋印，长长短短，大大小小。

琉璃披着姥姥加上的军大衣，站在麦地边，跺着脚，哈着气。麦地无边无际，被房子和树间隔了白。姥姥施肥的身影越来越远，越来越小。风吹进脖颈，竟然不觉得冷了。"姥姥的手不怕冷吗？我长大了，一定让姥姥去城里，不干活了，干活真辛苦。"琉璃想道。

路上，几个大红大绿的女人也穿着琉璃一样的草鞋，大声说着笑，吱嘎吱嘎着过去。

一高一矮的身影慢慢走近。"真般配！"琉璃默默地想。

"琉璃！"阿牛哥的声音。

"你在这里干吗?"

"看姥姥给麦子施肥。"

"这是我妹妹真儿。"

"这是琉璃。"

大牛分别介绍着。两个亭亭玉立的女生相视一笑，便熟识了。

"你说巧不巧，昨天晚上，学校打电话说后面天气异常冷，学校决定不补课，我就去接她回来了。要不和我们一起玩吧。"

"小璃，去和他们玩吧。"姥姥在远处喊。

"姥姥，我下午再去吧。"琉璃远远地回答姥姥。

琉璃想，阿牛哥既然才接妹妹回家，肯定还得收拾一番，况且琉璃觉得站在雪地里，听麦地的气息也是一件美妙的事。自从遇到舒老师，琉璃对身边的情景似乎多长了一颗心来。

午饭后，真儿姐就来了，还拿了点心给琉璃。入口即化，北方点心自有北方的妙处，雪差点儿都被融掉了。但雪还在飘个不停。

琉璃知道，自己帮不上忙，反而让姥姥担心，就去和真儿姐他们玩吧。

这也是姥姥所想，跟着他们同龄人才好。想起自己的女儿做出的丑事，泪水已经流干了，只期待琉璃不要走她妈妈的路，好好成人。大牛是信得过的。

姥姥不知道，她的女儿是被别的女人占了位。传言里，琉璃妈妈成了第三者。传言又怎么能给大家解释清楚明白呢。

琉璃换了另一双出去玩的鞋子，跟着真儿姐出去了。大牛哥，还有另外七八个小伙伴在路口等着他们呢。

"打雪仗!"琉璃不敢相信自己的耳朵。这么大的人了，还玩小孩子的游戏。

大牛哥分了组，琉璃和真儿姐，还有另外三个年纪相仿的大男生一组，大牛哥和其余四个小一点的一组，规则就是，谁扔到对方身上更多雪，算赢。

游戏开始了。

地上的雪是空中的雪，空中的雪是地上的雪。雪花交织，凝聚，旋转，掉下。头上、身上、腿上、脚上，随时被击中，飘在空中的雪花是轻柔的，扔出的雪花是有力的，但是这种力量在欢声笑语中被接纳，被融化，无中生有，有中化无。生活是自己给自己创造的，也是自己给自己特定的，欢乐、幸福。

后来才明白，这是一项体力、耐力、忍受力的游戏。因为在笑当中，谁还有力气去抓雪、扔雪。

游戏没有输赢。游戏让大孩变成了小孩，也让小孩变成了大孩。游戏没有界限，就像人人都爱听故事一样。有的是在自然中享受自然，在故事中领悟故事。每个人都有自己的故事，自己书写的故事。展颜有，宋名扬有，董语灵有，文一二有，高原有，采儿有，蔚然有，宏曼有，吴宗贝更有，张芜晴更有。

琉璃被自己不自觉在头脑里冒出想骂人的话给惊呆了，继而又快乐了。让所有忧愁与烦恼统统如雪融化，见鬼去吧。

琉璃回到奶奶家，天快黑了。

姥姥说："琉璃，明天我们上街，去澡堂。"

洗澡还要上街，琉璃好新奇。不像学校里，每个寝室都有浴室。难道每次洗澡都要上街？

琉璃为姥姥的贴心感动了。今天打雪仗，确实大汗淋漓，洗个澡舒坦呢。琉璃准备了衣物，明天和姥姥上街。

一夜无话。

琉璃躺在床上，想起二毛的《西哈拉草原记》里关于当地人洗澡的故事。那么，明天又是怎样的故事呢？

琉璃吃过早饭，照例由姥姥载着，还有大牛哥和他的妹妹也一起陪着琉璃。

天放晴了，太阳像天空的一只巨大的火眼，热气腾腾地从麦地里走出，漫上树枝。琉璃紧了紧围巾和帽子，戴着手套的双手也不住摩挲着，只剩两个眼睛骨碌碌转动打量着冻人的世界。

琉璃之前上过街，还真没有在意过澡堂，今天特意来，才发现，其实，到处都是澡堂。一排排的砖墙小屋，最通俗的名字就是某某澡堂，浴室。有公共的，也有单间的。姥姥给琉璃选了单间，琉璃提了衣服走进去，水汽缭绕，从头到脚都是暖洋洋的，那是太阳的热量直接窜进来了吗？仿佛是到了另外一个境界，水龙头、浴缸、衣柜、拖鞋、浴帽等一应俱全。水龙头轻轻一开，暖意溢心间，快乐满小屋。

琉璃从水里走过，感到说不出的幸福和轻松。

她以前没有感觉到水龙头里的热水有这样大的功效，可以带来生活的别样享受。也许，什么事情都一样，多，反而就不稀罕了。琉璃，世界上就我一个吗？妈妈为什么不稀罕我？政治老师说，世界上没有两片相同的叶子，应该没有和我一模一样的人了吧。快过年了，他们连一个电话都没有。

冷清清的孤独，琉璃又掉下泪来。

浴室的热气突然冰冷了。

琉璃走出来，红扑扑的脸，还有红通通的眼睛。姥姥不知道，琉璃敏感的心思，还以为全是热水的功效。

姥姥不知道，南边的人家里家家户户都有自己的浴室。而学校里的每一间寝室也是有浴室的。

大牛哥和真儿姐绕过一圈镇上的街道，也来和琉璃会合了。

"琉璃，你不知道，我哥哥以前出来洗澡，还发生了一件特别有趣的事。"

真儿姐拉过琉璃，附在琉璃的耳朵上说起了悄悄话，琉璃和真儿姐笑得上气不接下气。

"没这么搞笑吧!"阿牛看着女孩子们淡定地站定，"我都不记得了。"

"哥，真不记得了?"

"记得，记得，我真是怕了你了。"

姥姥说："琉璃，你和阿牛哥、真儿姐去玩吧。姥姥去买点年货去。"

"我们陪大奶一起去吧。"阿牛哥、真儿姐立马说道。

琉璃也想知道，年货有些啥。

对联，是第一需。

对联，包括门联、门神、门前纸、窗花、贴车的、贴树的，无处不贴。

保佑平安、健康幸福、发家致富是每一个小家最朴实无华，也最真实的愿望。

琉璃记得舒老师说过对联的事，得面对门从右到左，上联仄声收，下联平声收。好的对联用词极简却意蕴丰厚。

选对联是琉璃的强项了。毕竟古诗可不是白学的，况且舒老师那颗爱诗的心，对琉璃影响了不少。连卖对联的老板也直夸琉璃有眼光。

大牛哥和真儿姐都对琉璃竖起了大拇指。

姥姥笑得合不拢嘴。

公鸡、刀头肉，也是很重要的。公鸡越大、越强壮，刀头肉越大块，表示对神灵的敬畏和诚意越深、越诚。

东挑西选，琉璃和姥姥就买了满满一车。

年，就要来了。人间烟火的浓情胜过了一切繁杂思绪。

朋友圈里晒出了各种美好生活的图景。寻美食、看美景、拍美照，隔着屏幕，每个人的欢乐都快要溢出来了。

展颜的笑是那么开心，总是和她妈妈自拍的大头照，亲密无间。董语灵的照片里，身后是古老的欧洲建筑，还有一条蓝色美丽的河，头顶的蓝天白云像极了北方的天空，大约他真的是去游学了。宋名扬呢？好久没看到他发朋友圈了。微信的界面看似很近，有时候隔得很远。

姥姥说，我们蒸花馍吧。琉璃好像没有看过做花馍吧，充满了好奇之心。姥姥和了面，等着面发酵，冬日的温度低，姥姥在锅里把冷水加热，然后把面盆放了进去。夜里，姥姥有时要起来看一两次。可是到了第二天下午，面才懒洋洋地生了无数小孔。于是，姥姥先抓一把出来，揉了揉，搓了搓，团了团，切成馒头形状，加进了先前泡好的大枣。姥姥说，过年的馒头可不许里面是空的。

锅盖上、案板上放满了整整齐齐大小如一的馒头，琉璃觉得它们比食堂师傅们的手艺亲切和可爱得多。剩下还有一大团，姥姥开始擀、剪、切、扎、按、捏、卷，做花馍。花馍不仅仅有花，有年年有余的"鱼"，有展翅高飞的鸟，有胖嘟嘟的小猪，有串串蓝色的葡萄，还有宝塔似的树……红枣、红豆点缀确实是画龙点睛，一桌子的风景瞬间灵动生辉。

又过了些时间，待面粉酵劲十足，蓬松、柔软，姥姥把它们一一捡进蒸锅隔着适当的距离。柴火噼里啪啦，滚滚的热量上升，滚滚的白花花的水蒸气一片一片飘散，大地上的麦香味陡然腾升、缭绕。大火转了中火，灶膛的光亮依旧在呐喊，为一个迟到的梦想。

停火，余热中的十五分钟是一个巧妙的节点。掀盖，大功告成，馒头一锅一锅地出笼，一算子一算子摆开来，年的味道似乎在心间点点聚拢。

琉璃鼓足勇气，发了一条朋友圈。九宫格分别是花馍全景、特写镜头、蒸馒头热气腾腾的场景。文字很简洁：年，来了。你的年，我的年。一点发送，一分钟，就被 20 人点赞了。细看第一人，还真是宋名扬。琉璃的心颤动了下。展颜留言：乖乖的花馍，乖乖的你。新年快乐！后面给了三朵玫瑰花、三颗心。琉璃立刻回复：谢谢！新年快乐！点了三个握手的表情。舒老师说，琉璃，你们那里过年的风俗真有趣！琉璃受到了莫大的鼓舞，心里的激动和欢乐像旋涡激荡，多想和谁分享，和谁呢？宋名扬，太远了。展颜，太远了。阿牛哥，太近了。那就用文字倾诉吧。

琉璃展开笔记本一页，望着遥远的天空，静心，停顿，流淌。

舅舅一家终于在大年三十赶回了姥姥家。

从未谋面的小姨一家也回到了姥姥家。

吃年饭一下子热闹了起来。姥姥给姥爷、舅舅、姨爹做了好几个硬菜，他们三人喝着酒、聊着天。琉璃见姥爷平常话不多，今天有一句没一句地和舅舅、姨爹唠着村东头村西头的事。

舅舅家煜表哥和冰冰表妹吃饭似乎比南方的家里要守规矩些，大约到了一个新环境，人们都得重新适应，心里多少有些拘束。倒是琉璃给表妹夹菜，表妹连声说"谢谢姐姐"的甜蜜话，让琉璃的心都融化了。小姨家的谦谦表弟有些内敛，和琉璃的性格有些相像。只是小姨瞧琉璃的眼神让琉璃有些躲闪。姥姥在旁边不断给孙儿孙女们夹着菜，容光焕发。一年到头，聚在一起的日子实在不多，姥姥累并幸福着。

舅舅和舅妈敬了姥姥姥爷的酒，敬了小姨、姨爹的酒，又来敬琉璃，琉璃始料未及，慌乱中抓掉了杯子，豆奶洒到谦谦表弟的羽绒服上，杯子掉在地上，清脆声满耳。谦谦站起来，脸上不愠不火，接过小姨手中的纸巾，擦起来。

小姨的眼神继续飘了过来。

姥姥从座位里赶紧站起来，看了看琉璃的手。"没事就好！碎碎平安，岁岁平安！"姥姥笑着说。

"岁岁平安！"舅舅附和着说。

"对不起，谦谦！"琉璃有些过意不去。

小姨拉过谦谦表弟。

"妈，没事的，没事的，免洗羽绒服，你说的。"

一桌子的人都被逗乐了。


大家都在看春节联欢晚会。姥姥、舅妈和小姨正在擀皮和馅包饺子。冰冰表妹和煜表哥的打闹又开始了。表妹往房间里退了好远，头上的小辫子更加冲天了，嘴里喊着："小哪吒来也！"便从沙发的后面攀上去，然后站在沙发上往下跳，表哥立即往旁边一站，脸上闪过一丝狡黠的光，挡住了妹妹的去路，表妹"嘭"的一声撞在哥哥的腰上，直接坐在地上大哭起来。姥姥赶紧跑过来，抱起表妹，安慰着："让奶奶看看撞到我的乖孙哪里了？"表妹撒娇地说："奶奶，看，撞着这里，大青包。"姥姥假装转过去，两只手掌合在一起，发出清脆地响声。表哥假装哭着走开了，表妹咯咯咯笑起来。谦谦表弟安静地坐在他的爸爸旁边，认真看着电视屏幕的脸朝向他们，有了几丝笑意。琉璃在一旁也忍不住笑，又突然失落了。

琉璃独自走进了房间。

打开微信。好几条未读。琉璃赶快点开。

"琉璃，琉璃。"院外有人喊。舅妈在厨房里喊着。

　　琉璃还未看完微信，出了房间，跑出院子，一开门，原来是大牛哥和真儿姐提着一袋烟花爆竹，让琉璃和他们一起玩。

　　琉璃转回来给姥姥说了声，就借着月色和灯光走在村子的路上，走进年的时光里。

　　四周的鞭炮和烟花轮番交织，不同的声响、不同的升空图案。除夕的夜算得上是一年里最喧闹、繁华的光景了吧。

　　"琉璃，以前放过鞭炮和烟花没？"大牛哥关切地问。

　　"没呢！"

　　"也没关系的，我其实也很少玩，之前看哥哥玩得多。今天我们几乎买的都是儿童烟花、鞭炮，完全放心哦。"真儿姐快言快语，让琉璃吃了定心丸。

　　阿牛哥很贴心，每一种烟花先自己示范，然后才分别交给两个女孩子。烟花就是各种颜色闪烁、快速地喷出组成亮丽的光圈，唯美动人，但是瞬间消失。摔炮，只需要往地上一扔，"啪"的一声就完成了使命。在光和响之间，人们把旧年里所有的不如意送走，即将迎来新的一年。新，预示一切皆有可能，便有了期待和希望。

　　琉璃在光影里晃动着，那些沉重的、难过的，就让他们见鬼去吧。

　　回到被窝里，已是深夜。她继续读着未读完的微信：展颜回了老家，也拍了很多乡村的场景图；宋名扬去了德国，说是他姑妈的儿子在那里读研究生；董语灵去了英国，他喜欢康桥、伦敦大学，还有牛津大学；舒老师继续在求学的路途中。他们真诚祝福琉璃，她带着幸福的心情做一个新的好梦。

　　姥姥做好了早饭，轻轻敲了琉璃的房间，把琉璃叫醒了。姥姥说过，初一要早起，去串门。姥爷带了舅舅、小姨，还有琉璃一起出发。

村里的路上早已是南来北往的人了。大家远远地打着招呼，在路口停一停，散烟的散烟，抓糖的抓糖。地上嘎吱的雪白印子踩了一次又一次，磨光了，进泥了，都可以踩进整个脚丫子。呼出的水汽，吐出的烟圈，聊天的热情，全在这难得的初一里酝酿出浓稠的乡情。

"起得早唢?!"每一次见面的发问，像是美好的祝福，像是无疑而问的规矩。琉璃这个早晨至少听了百遍有余。

"什么时间回来的?""在哪里干呢?""不错不错!""妞妞能干!""小蛋这么大了!""读初中!"琉璃在囫囵的语言里梳理出高频率的简短语句，禁不住自顾自地笑了。

小姨白了琉璃一眼，觉得她莫名其妙。

一早晨，去了大伯家、三婶家、四叔家、另一个姨家、二奶家……一到别人家门口，就有人热情地迎出院来：摆凳、让座、端茶、递糖果……干干净净的小院、整洁的摆设，清清爽爽的问候，喜悦和欢愉直抵人心。

路上的雪变得轻快而柔软。人们的欢声笑语挤满了东来西往。鞭炮声声，新年的第一天美好而多情。

突然，一声疾呼从年的高空里霹雳下来。

"快让啊，牛来啦!"

一头牛从村东头雀跃奔跑，健硕又迅速。

一群人拼命跟在后面。

"快追呀!"大家充满愁苦地追，又欢乐大喊。

于是，串门里又多了一个谈论的话题，一头从谁家出逃的牛。

"是赵大爷家的? 王大娘家的?"

"养了好些年了，像个家人!"

"被他家的响炮给惊着了，跑了!"

"跑到西边的麦地里，撒野呢！"

"还跑到李七叔家的院子走了一回。"

"啥，跑到张大奶家里了！哎呀呀，好事呢！"

……

琉璃走回家的路上，像听一个发展流动的故事一样，不断变换着地点和情节。

"小璃，我们快点回家。"姥爷在前面喊。

琉璃也感觉肚子有点饿了，早早起来，运动一大圈还真费体力，于是，她和家人们加快了脚步。

一到院外，闹哄哄的。"到家里来串门的人可真不少！"琉璃想。

姥爷三步并作两步进了院子。

"啥事让姥爷如此？"

琉璃也三步并作两步。一进院子，她乐了，一头牛。就是那头路上奔跑欢腾的牛，正站在拖拉机旁边，昂着骄傲的头，望着众人。

虽然，它脖子上的短绳正扯得它不太自在。

"大娘，恭喜恭喜！你们家今年要发大财了。"旷三姨声势昂扬，朝着姥姥大声祝贺。

"借你吉言。谢谢啦！"姥姥拍拍旷三姨的肩膀，"三妞嘴真甜。"

大家瞧着牛，在嘻嘻哈哈里送走了这个特别的初一快乐清晨。

旷三姨，何许人也。

阿牛哥说，旷三姨就是一个妥妥的学霸，985名校大学毕业后，独自做了北漂，现在是一家世界500强企业的高管。在我们这样的村里，简直就是传奇。至今单身一人。但没人敢戏说她是剩女。

她身材高大，五官端正，自信而光芒闪耀。琉璃偷偷看，和她的眼光碰在了一起。

"大娘，这个小妞妞可耐看呢！"旷三姨指着琉璃说。

琉璃的脸因今晨的热烈不自觉地红透了。

"小璃，叫三姨。"

"三姨好！"

"我外孙女，在南方读初中。"

"大都市的娃，看起来气质就是不一样！"旷三姨继续夸奖。

"那还得向你学习，名校，名企，名高管……"

"大娘，你可别折煞我了。现在的小年轻，是了不起的后浪，说不定哪天后浪就把前浪拍在了沙滩上！"旷三姨说完，自己先哈哈大笑。

众人哈哈大笑。

牛也哈哈大笑。


转眼过了初五。舅舅、舅妈、小姨、姨爹两家因为上班，忙着先后走了。琉璃开学时间尚早，等到时自己坐动车回南方上学。姥姥家又冷清了起来。

所幸，阿牛哥还没有走。大学开学时间还在中学的后面呢。真儿姐的初三最后学期急急忙忙展开了。

收了心思，琉璃还有些许作业没完成，不然到时候还要编理由上学，可真麻烦。想起开学收作业的事，她忍不住乐了。小学五年级时候，寒假后开学，班上有好几个同学都没有带作业本来，老师在课堂上检查的时候问，一个说，有一天去同学家里做作业，路上掉河里冲走了。一个说，他在家做作业，中途上厕所，小狗把他的作业全部吃掉了。还有一个说，开学前一天，他的书包着火了，把书包和书烧光了。

全班回荡的笑和泪到今天没有止。

话说回来，这河里得多大的水，这狗得多饿，这书包得有多熊熊烈火。这些传说的故事，哪一个不是谎言，哪一个又能够补得了，即使让神力的女娲恐怕也无能为力了，老师后来只好不了了之。

没做作业的故事难道还有更惊人的理由。罢罢罢，做作业吧。琉璃埋了头，努力写起来。

院子里，阳光明媚，春天就要来了。风在本子上吹过树梢的尘和影，琉璃握笔的手似乎没有感觉到生冷。有时候，一个人的宁静是美好的。作文写过年或者寒假的见闻，琉璃悄悄在格子里划过800字，意犹未尽。写吧，写他个海枯石烂，写他个沧海桑田。

"大娘，大娘……"

"琉璃，琉璃……"

琉璃伸着脖子循着声音看去，原来是旷三姨。

"三姨，姥姥不在家，什么事？"

"要不要去街上看舞龙？"

"舞龙？"

"很热闹，不仅有舞龙，还有耍狮子、踩高跷……好玩得很，看看去？"

琉璃有点向往。正犹豫间，姥姥从地里回来了。

"大娘，我带琉璃到街上看舞龙去，大娘一起去？"

"三妞，我就不去了，你把小璃带去吧。"

麦苗儿轻悠悠、青幽幽，在望不到边的大地里吐发着土粒的气息。琉璃坐在自行车的后座上，旷三姨淡淡的发香和长长的发丝像一根柳枝飘拂，回荡在小溪的岸边。她真想伸出手去抓，只是想了想如果是真的，那么，旷三姨是不是会尖叫。琉璃在心底笑开了。

"璃儿，是不是觉得我都该当母亲的年龄了?"

"没，不……"旷三姨的突然发问把琉璃难住了。

旷三姨突然停下车来，从包里掏出一枚别致的书签，递了过来。

"送给小友，算是做个纪念。"琉璃觉得突然收人家的礼物，有点不好意思。

"又不是什么金银财宝，小小的书签而已，来，拿着。"旷三姨塞到琉璃手上。

琉璃接过来一看，那江大学的风景照。琉璃知道上有天堂，下有苏杭的说法，可是，那江大学，多么邈远啊。

"不要相信什么学霸啊、高管啊……也不要理什么剩女之类的话啊。我都习惯了，过自己的生活，过好自己的生活，做好自己的工作，照顾自己的爸妈，这有什么不好的?"

"婚姻、爱情? 找一个合适的男人可不是那么容易的。门当户对、三观同，爱你又疼你，说不定当初女娲造人的时候就完全没有考虑姻缘的事情，拿个藤条，蘸了泥一甩，就变成人，男人女人随机变了一大堆。"

"多读书、开眼界、交好的朋友，就足够了。其实，最应该信任的，还是自己，你说是不是?"

是，还是不是。琉璃也不知道。旷三姨的话大多被风吹散在云里。

鞭炮声声，人声鼎沸，据说在平常里热闹的那几条大街里接连不断的表演者，舞龙的、耍狮的、踩高跷的、敲鼓的，大红大绿是喧嚣的底色，五彩斑斓眩晕了观众的眼和心。真是热和闹的海洋。琉璃真想蒙着耳朵，往天上一看，阳台上、天台上、层层的脑袋探出来，像一个个看笑话的猴子脸。到底是看表演还是看周围的脸，其实人们也分不清楚，到处都是风景。

"好不好看？"旷三姨在琉璃的耳旁边问，没有压住周围的空气。

"吵死了！"琉璃开心地喊。

她们走向了河边，从寂静中来，到热闹中去，又回到了孤寂的岸。

"琉璃，你恋爱过吗？"旷三姨冷不丁地问，琉璃被吓了一跳。

"我是说，你有没有在心底爱一个人？"

"没！"琉璃果断回答。

"现在的孩子成熟更早，我们那时小学就有谈恋爱的了。"

"那是小孩子的游戏。他们根本就不懂得爱是什么。"

"游戏？嗯，好像有点。你不知道，写的纸条传来传去，有趣极了。只是不知道长大后，大家还记得吗？"

旷三姨推着自行车，琉璃在车的另一边，沿着堤岸走。初春的世界里渐渐涌动着青春的信息。镇上房屋的倒影，有一种时空模糊的错觉。旷三姨突然望过来的微笑，唯美、真诚。

"你不知道，我们年级初二的时候，有一个男生恋上一个女生，就真的双双退学回了家，结婚生子。等我高中毕业的时候，他们就已娃娃成群了，但是后来听说好像离婚了。"旷三姨像是站在话语中间，没有倾向。

琉璃有点震惊，半天没有回过神来。

"爱是站在一定的高度，用心彼此感受对方带来的欣赏、喜悦和欢乐，也许还有痛苦。但幸福的基调总能战胜平凡的琐碎。低级的所谓爱，能够走多远，找到一个灵魂的伴侣又何尝容易。现实真的很残酷……"旷三姨的泉涌，溅湿了琉璃的心。

"妈妈有过爱情吗？我为什么来到世间？"琉璃从一条小溪转到了另一个海。她几乎快要明澈的时候，发现自己迷惑了，深深的迷惑。

冲出村庄，冲出重围。

"果然在河边！"一个惊喜爽朗的声音，让琉璃和旷三姨同时抬了头。

"阿牛，你不看舞龙了？"

"三姨，你们不也没看吗？年年闹，年年挤！你没挤够，闹够？"

"现在嫌弃了，等你以后成家立业了，说不定就看不了，只能去寻找记忆啦！"

"你现在不是年年回来看？"

"你能像我这把年纪还孤身一人？"

"为何不可？"

"嘴倔！"

阿牛也加入遛岸的队伍。

"三姨，给你借个人呗？"

"什么借不借的，你们年轻人，就该多出去见识见识，琉璃，你说对不？"旷三姨太自知了。

"三姨，你也年轻啊！"

"阿牛，今天的嘴吃了糖！"旷三姨骑了自行车，向桥那面驶去。

大牛和琉璃走了好一段路，大牛才说开了："三姨是不是又在兜售她的爱情论了？"

"三姨人本身也挺不错的，但是爱情观追求太完美了，现实生活里哪有这么完美。关键是你要选择的恋人，你主要选择他人格品质的点是什么，没有特别大的缺点，也就差不多了。爱情就差不多吧。"阿牛哥和三姨站在各自的爱情观上，让琉璃左右为难，其实她真不知道，爱情到底是什么，只好默默听着，点头、点头，并不表示赞同地附和着。

"琉璃，走自己的路。让别人说别人的去吧。对了，今天，我们初中同学聚会，要不要提前感受一下？"

走不回过去，走向未来。走向自己的未来，走回他们的过去。

那是一个普通的中学，花木簇拥，黑砖砌成的教室古朴里透着静谧。运动场边高大的梧桐树像慈爱的家长，等待它的孩子们归来。

教室里，拉起了聚会的横幅，生气蓬勃，布置得像是某个节日的浓墨重彩。阿牛哥和大男生们拥抱，互捶拳头；和女生们握手，夸赞着她们年轻漂亮，魅力十足。

"致远，你记得不？当初你可对你的初恋情人那般好哦！"大家一阵起哄。

"哪般好？说来听听！"有人继续造气氛。

"天天给人家买早餐，送到课桌下；清洁课桌；隔三岔五送花花……"

"启明，你就别抖我的那些陈芝麻烂谷子事儿了，都是年轻不懂事嘛！"

"不懂事，你在情场上可是老手、高手……"

又是一阵欢欣的笑。

大牛哥的往事算是被揭开了，琉璃看向阿牛哥，只见他也笑得欢。

真的很过分呢，琉璃想，这种现场怕是待不下去了。琉璃走出了教室。

来到一棵梧桐树旁，才想起自己的学校里也有梧桐树，因为被修剪，只剩下树干和光秃秃的点点枝丫，没有这般粗大了，它的夏日一定茂盛得诗情画意吧。琉璃觉得镇上的学校有迷恋人的地方。

运动场的跑道没有塑胶，碳颗粒和泥混合有种硬邦邦的舒适感。中间的场地野草丛生，她在里面小心穿梭。

"请问，某某级同学聚会点往哪里走？"

琉璃看了眼前的人，确信没有其他人，才明白是在问自己。

一个眉清目秀的男生，大约年纪和自己相仿。"不会是他自己吧，难道聚会的还有其他的地？"琉璃默默想，"他们都是大学生了？"琉璃突然好奇地问。

"我是替我姐姐来的，不是我。我姐姐出国读大学去了。但是初中同学也是一种难得的缘分不是，所以派我来了。"男生简明扼要，几句话交代清楚，还把初中的同学情说得深情又深刻。琉璃都觉得好奇了。

"我带你去。"琉璃言不由衷，明明不想待在那里才出来的，怎么又自己回去了呢。说出来了才觉得有点不好意思拒绝。好吧，就当走走路。她安慰自己。

二楼拐角的时候，男生突然说："我初一。你呢？"

"初一。"

"同学，呵呵呵，同学！"男生爽朗大笑。

"同学？"琉璃瞪大了眼睛。

"同一级的学生，难道不是同学？真的是有缘千里来相会啊！哈哈哈！"

阿牛哥坐在教室第二排中间的位置上，正聚精会神听着讲台上一位老者诚挚热情的讲话："时光真的如梭，甚至比梭还要迅猛，转眼你已经长成大小伙、大姑娘了。想起你们昨天的可爱、调皮，让为师是几多欢乐几多愁。幸运的是，在初中毕业的时候，你们每一个都醒悟、理解了作为初三学子身上那一份沉甸甸的责任与义务、付出与收获。是的，感谢曾经的你们！曾经奋斗的你们……"

琉璃靠在窗边，似乎要穿越回那年的初一了。

"下面请班长齐芷姝的弟弟读她给大家带来的信。"主持人刚说完，那个男生就自然地走上了讲台，站在中央，大方介绍了自己："我是齐芷姝的弟弟齐芷静，今天姐姐不能来，实在很遗憾，很荣幸地站在这里，和大家一道分享姐姐的初中生活感悟。"他把手中的纸页展开，那一个个字爽朗朗地吐出，像初春刚绽的红梅，又像齐上枝头的玉兰，更像浓烈的夏雨、闪电、雷鸣，还有清秋的婉约、宁静，冬季的酝酿、储藏。

琉璃靠紧的玻璃上，似乎被挤压了神经，回不过神来。

教室里，沉寂顷刻后，哗啦啦一片欢欣的掌声。故事在掌声中存取，流逝。先前那个被嘲笑致远送花的女生，原来就是他的姐姐。也许，青春的爱恋真的值得回忆和反思。

"于我，不可能！不可能?"琉璃越来越糊涂了。

聚餐是琉璃不喜欢，也不擅长的。可是，来了就不能后退。坐在阿牛哥身边，她悄悄看了眼齐芷静，他的眼光正在斜对面火辣辣地穿过来，直让她躲闪不及。

琉璃装作喝饮料，喝得猛了，被呛了一大口。阿牛哥赶快站起来抽了转盘上的纸巾给琉璃。"这是我妹妹，在南方的一所国际名校读初一，寒假回来玩，顺便把她带来感受一下我们的同学聚会。"阿牛哥向大家介绍，阿牛哥的老师和同学把目光全部聚集到了琉璃那。琉璃有点发慌，可是，作为国际名校的学生，自然应该完全能应对。琉璃虽然感觉有千斤重的力量把自己往地上拽，但另一股力似乎在驱使自己站起来。"大家好，我是琉璃，请大家多指教。"

话声落了，再施与一个礼，端庄落座。

齐芷静的眼光里有喜悦的颜色。

"琉璃，哇哦，名字那是相当诗意啊！中听!"

"这个妹妹气质太中啦!"

"启明,你这个评价太中啦,南方的女孩都是水灵灵的,一方水土养一方人。"

"琉璃,南方的辣是不是和北方的辣不一样啊?"

阿牛哥的班主任问起了辣味来。

琉璃深有感触。虽然只回来了一段时间,也虽然在南方待了一学期,南方的辣是深入人心,拿捏了自己的胃啊。姥姥这里的辣,明明看见了辣椒,却索然无辣味。

琉璃想到这里,说:"老师您好!要说南方的辣和此处的辣有什么区别,那就是,南方的辣看不见,直入心,此处的辣看见了,却并不入嘴。"

"琉璃一席话,真是甚合我意啊。"班主任一阵赞叹。"记得有一年,要去南方参加一场班主任大比武,席间的菜,吃得大家酣畅淋漓,麻辣俱佳,辣入心,麻入腹,五脏六腑都觉这天府之地,美食不可辜负,记忆犹新!记忆尤深!"

"琉璃小小年纪,如此理性,实属不易。当初你的哥哥致远同学,就没有你这么明智啦。"班主任话中藏笑。"老师,那时我是不懂事!"阿牛哥端起了酒杯,来到了班主任面前,"黄老师,要不是您当初的智慧教导,就没有我的今天,感谢您的付出和良苦用心,敬您!祝您健康!开心!桃李满天下!""现在蜕变得当刮目相看啦!军校大学生,不错不错!"

"在场的你们都是祖国的未来,为大家祝福!"黄老师举杯祝愿大家,努力学习,珍惜大学美好生活,为自己的幸福而拼搏奋斗,活出自己的精彩!

琉璃受了感染,满赋向上的力量,好像飞一般前进,立刻就要初中毕业,上了高中,朝大学去奋斗。

回家的路上，阿牛哥给琉璃讲述了他的初中爱情故事。也许算不得爱情。

"齐芷姝是中途转学来的。那天，正在上自习课，班主任黄老师带了一个同学走进教室，向大家介绍。介绍的文字不记得了，只记得当时我一抬头，她就像初春当空的一束阳光射入我心房，我恍然间像贾宝玉一样，感觉在哪里见过她一样。从此，我的心止不住地被她占据了。"阿牛哥的眼睛放着光，天空似乎光亮了起来。

"琉璃，你没见过她，有多漂亮，我完全形容不出来，你见过她的弟弟，已经不凡了，但他的姐姐，胜过他万万倍。""关键不仅人漂亮，人家全面发展。学习成绩好，语文、数学、英语、物理、化学总是名列前茅，体育的网球、篮球、乒乓球、跳绳，艺术中的民族舞、拉丁舞、画画、毛笔字、古筝，样样精、门门强，还有余力参加社团。这简直就是我的女神！女神，哪怕我从她身旁走过，或者她看我一眼，或者看她表演、比赛，无不是一种熨帖的享受！后来，我就开始拼命地义无反顾地追。"

"喜欢？还是爱？或者仅仅是崇拜她的光芒四射？"琉璃问。

"都有吧。"

"可能喜欢她的人太多了，本班的，外班的。给她送东西、写纸条的人一多，我就隐藏其中了，单恋无法自拔。"

"结局如何？"琉璃好想知道。

"结局，没有结局。我是说，我和她哪有什么结局，因为她一直行进在她的路上，对我们这些追慕者无暇以顾。听说，她要去国外读高中大学的。是啊，我也觉得无望，可是，陷得太深了。幸好这时班主任黄老师，简直就是我的大救星，他敏锐地发现我的变化，尤其是成绩一落千丈，就找我谈话，小心呵护我受伤的心，安慰开导我，让我走出泥潭，重见天日。"阿牛哥重重地叹了一口气，仿佛多年前那个为爱所困的少年实在是负重前行得太久太久。

"现在回过头来想想，对自己的行为觉得好笑，但从此路走过的少年，谁没有过自己喜欢的人和事。你说是不是?"

琉璃不置可否。

月亮升起来了。快要圆了，月圆之时也是月亏之际。人，没有永恒的圆满，总在缺缺圆圆的轮回之中。那么，我的缺，要缺多久呢。

琉璃和阿牛哥在路口道别了，也向这个北方的寒假道别。

"琉璃，向上，到更宽阔的地方，你会看见更远的远方。"阿牛哥突然说，充满哲理。

"谢谢你，阿牛哥。再见!"

"再见，我的姥姥!"琉璃坐在启程的火车上，在心里对自己说。

校园

花开

穿越千山万水，从北到南，真的从冬天到了春天。

　　天上，山上，从人们的衣衫到花的笑。

　　海棠花，寒假时星星点点，此刻的红在向树的高处、低处风一样蔓延，火一样抖开，花蕊散发出孩童的天真，看着那些绿意四季不变的树和草，好奇地说着，你们变一变呀，你们看一看呀，我的火难道不够热情，不够倾倒你们的绿。

　　玉兰花说开就开了。齐刷刷地鼓胀秃秃的枝丫，如烟如云如雪，朵朵累累。有一种肆意的芳香，扑面缭绕。不经意，像是说好似的，无论晴雨，它们很快遍洒地头，花去，叶便透出了一片一片小清新。

　　含笑雪是含着笑的。稀稀疏疏的空间，每一个笑都尽情展开，把心情晾晒，即使飘落，它的暗香仍旧在骨魂里隐藏，没有拾取过的人永远不知道。

　　这便是南方的惬意了。琉璃简直要被这暖风花界熏得心意朦胧了。

一个寒假，校园里，从琉璃身旁飘过的少男少女，欢笑里都是蜜样的甜。

到处写着"欢迎回家"的标语，甭说，还真是家的感觉。仔细算算的话，在学校的时间远远比在家的时间多，看来，回家是贴切的了。

他也回家了。真正回家了。据说，张芜婧一家自驾游，出了车祸，一家人当场没了命。琉璃愣了好一会，感觉，那一记耳光还清晰闪过她的眼前。

生命如此脆弱。在生机勃发的春天里，生命就此消失了，不知该作何解。琉璃在心里深深叹了一口气。


"嗨，琉璃！"

琉璃感觉被谁拍了左肩，回了头，却见胖子高原在右边，可见他也学滑头了。按理说，暑假是养膘的好时节，胖子没有被他厨师老爸养胖真是稀奇事了。

"你变瘦了。"琉璃直接说了自己的直观感受。

"瘦了好，瘦了是不是更帅气了？"

高原啥时候也知道臭美了。

"胖子，好有自知之明。"

"真心表扬的话，有鸡腿吃哦。"

"你偷偷带食品进学校了？"

"高明！高明！"

"胖子，你不仅长帅了，更见长的是智慧！"琉璃竖起来大拇指。

"吃人嘴软，琉璃，你可不是拍马屁的人？"

"人是会变的，像你。"

"我是朝着好的方向前进，你变得复杂了!"

"复杂?"

说着，琉璃要去拧胖子的胳膊。

"哎哟哟，打情骂俏着呢?"

这怪声怪气的，又是何人?

文一二，穿着花衣服花裤子，亮瞎了行人的眼。

"这是哪里来的大明星!"胖子惊叹。

"谁家的大姑娘?"琉璃快要笑喷了。

"琉璃，会不会说话? 这叫时尚!"

"时尚? 花衣裳? 我觉得小妹妹穿很合适!"

"什么眼神!"文一二白了一眼琉璃，往前冲了冲，和胖子并排着走。

琉璃还在心里笑。

这变化着实惊人。

"琉璃，来啦!"刚一进寝室，采儿热情地给琉璃打招呼。采儿高挑的身材愈发高挑了，先前高出琉璃一个头，现在站在床边，感觉更仰望了。

蔚蓝坐在书桌旁，正在翻看着什么书，看见琉璃，一边惊呼，一边来拉琉璃的手，"琉璃，快过来，你看这页，多少年过去了，这女的还那么光彩照人? 简直就是一尊大神仙!"琉璃一个趔趄，重重撞在她的头发上，咦，蔚蓝的头发突然到了腰间? 这才是现实的神仙。琉璃不知道，理发店可以接各种长发，还可以戴各种式样的假发，看不看得出来，就十分靠技术了。

宏曼斜靠在衣柜旁，正在思考到底是要拿东西出来，还是放东西进去，不一会儿，就把床上的衣服一件件往里扔，最后，啪嗒关上。她的脸比先前精致了许多。

吴宗贝吊着根长长的头发，嘴里漫不经心地哼着什么，眼神里，装满了傲娇和漠然。

晚自习前的教室里，比先前任何时候喧闹。好像彼此的假期都有说不尽的故事。每一个人的出场都个性十足，魅力无限，引来大家不断地惊呼，像是看见了一个个新鲜的展览。

胖子正在给琉璃说他爸爸发明的一道新菜，正讲到得意处，琉璃的眼光却被教室前门的光吸引了：董语灵单肩背了个书包，蓝白相间的卫衣、牛仔裤，脚蹬安踏运动鞋，简洁利索的搭配里有种阳光的力量，他的脸明显黑了些，眼睛更澄澈而生动。

"看我说到哪里了？琉璃，我当是看什么稀奇呢，大帅哥啊？"胖子推了推琉璃的肩。

琉璃刷地转过脸来："别碰我！"

"看帅哥有什么用，再帅也不能当饭吃。不像我爸，天天可以给我做好吃的。羡慕死你！"

琉璃去打胖子的头，被胖子绕开了。

敏捷的猴子咋咋呼呼地从后门跑进来："胖子，胖子，笑死我了，刚才我在隔壁班看见一个怪……"话未说完，把旁边娇骄桌上的一瓶墨水撞到了地上，绘出一幅自然水墨画。

娇骄愤怒地站起来，把老爹鞋伸过来，没有说话，脸都要黑了，可怜的颜色尽毁了。

"姑奶奶，别哭别哭哦，我赔给你……"

展颜在晚自习前，来琉璃班上找琉璃。自从期末考试未见，仿佛过了一千年。展颜的婴儿肥明显消去不少，连下巴都露出迷人的轮廓来。"琉璃，来戴上，保佑健康、平安！"展颜来拉琉璃的左手，把一个红色手串轻松穿过琉璃的左手腕，"红色的，不知你喜不喜欢？"

展颜又把琉璃的手拿起来，晃了晃，"嗯，蛮合适的！"

琉璃一阵感动，差点想哭了。

"怎么啦，琉璃，不喜欢？"

"喜欢，喜欢得不得了！"琉璃说着，就抱住了展颜，泪水吧嗒吧嗒流下来。

"怎么还哭了？"

"是高兴、激动。"

"一串手串而已啦！又不是什么大件。呵呵呵！没事啦！快上晚自习了，来，擦擦泪。"

茨格格一点没变，语言干净利落，常常诗意又满含哲理。收心课果然收心，她分享了寒假的特别触动点，然后带来了几个励志故事，最后引导大家深度思考，进行这一学期的学习计划安排，白纸黑字，并强调到期末要对照自查是否一一达成了。

课的最后十分钟，教室里静悄悄的，同学们都铺开作业本，竭尽全力。有的右手手尖飞速转动笔，有的把笔咬在嘴里，有的凝思远望，有的干脆伏在桌面上，对自己负责可不是那么容易敷衍的。

三分钟过去了，有人开始动笔，大多数人面前一片空白，空白着想象，也空白着未来。

茨格格从讲台上走下来，绕着课桌间的通道踱着步："的确需要时间，费点工夫，那么本周五晚自习前，采儿收齐，大家意下如何？"

"哦！"教室里顿时一阵欢呼，有人竟然激动得从凳子上跳了起来。茨格格脸上绽放着灿烂的笑容。

一下课，舒老师来喊琉璃，说把后面两节课的整本书阅读要求板书到黑板上。领了命，回到教室，值日生已经擦过了黑板，干干净净的。很久没写黑板字，琉璃的手有点僵硬，她使劲伸了伸右手五指，还在黑板上压了几拍，拿起笔，一面看了纸上的字，一面默念着从左往右。

"琉璃，你这是要直上云霄了吗?"文一二歪坐在桌子上，晃着腿喊着。

琉璃立刻停下来，往后退了退，果然，向上歪了不少。明明很在意地写呢，怎么写着写着从三分之一处就开始飘起来了。她赶快把高出的地方抹掉了，等等又再写，边写边看是否在一条线上。要是舒老师做了PPT就省心了，直接放出来，或者字为楷书，投影仪也不错，得找她说一说，我这个课代表就不用在这里大费周折了。想到这，琉璃偷偷笑了。

第二天，开始评讲卷子。埋藏了一个寒假的各科卷子，终于重见天日，只是那些分数早就被抛到九霄云外去了。数学课的时候，太阳斜斜地从窗外照进来，暖洋洋的，真舒服。话说得好，春来不是读书天，夏日炎炎正好眠，秋高气爽朗朗照，冬凛体缩更想酣。都不是读书天，躺平。能躺平吗?少壮不努力，老大徒伤悲。古语摆在那里，可不是白说的。好吧，琉璃强打起精神来。数学，像是和自己上辈子有仇似的，那些莫名其妙的公式根本不认识自己，谈何理解、吸收!

补课，越补越不懂。想想都恐怖，那些完全和自己不相干的东西，一股脑儿地往自己这边推过来，除了摊开双手，还能怎么办，分数从不见长。这学期舅妈还要继续给自己报补习班，无边的噩梦。数学老师的话越发远在天边而不可触摸了。

前门被突然打开了，门口站着茨格格和一个陌生的男生。琉璃一下子回过了神。

"真是不好意思，打扰大家了!"

"这是刚转入我们班的同学，王子，大家欢迎。"

全班一阵哄笑，紧接着鼓起掌来。

王子的脸上没有一丝涟漪，他站在老师身边，仿佛这一切和他无关。

来得突然，班上没有多余的桌凳，"董语灵、文一二，你俩去楼下物管室领一套桌凳上来。"茨格格果然安排。领桌椅的很神速，十多分钟后，两人一个端着桌子，一个扛了椅子进了教室。茨格格看看全班的座位，又立刻安排了王子的座位，在娇骄的后面，靠琉璃的右边 50 厘米远的地方放了下来。王子也不管有灰没有，放了书包，一屁股坐了下去，从此是邻桌。

下了课，王子身旁凑了好些人。

"吴宗贝，本班班长，有什么事可以找我。"吴宗贝略略抱拳，算是和王子第一个认识了。

"宏曼，喜欢吃喝玩乐，有福同享，有难同当。"

"敏捷如猴，在下猴子，请多指教！"

……

"初来乍到，请大家多关照。"王子一一还礼，还挺有礼貌的。

琉璃看着这一幕幕，有点像看电视剧里哥们相认的场面。她并未凑过去，也没有要和新邻桌认识，她想，慢慢就熟识了，何必搞得那么做作。娇骄也没有把身后的同学放在心上。

卷子如流水，一页一页翻过，流水哗哗，一转眼，天就入夏了。

短袖扇不出凉爽的风，校园里的校服千篇一律，少了裙子的夏天，少了裙子的校园，显得有些乏味。

青春，热情，突然而至的夏乱了季节的躁动。

数学课姜老师在讲代数平方差公式。同学们都聚精会神伸长了脖子，尽管是午后的第一节课，窗外吹来的风带着浓郁的花香草香鸟鸣；一齐扑向教室，姜老师幽默的讲解把大家逗得前俯后仰。王子看得真切，娇骄的发丝扫进了王子的笔袋，说时迟那时快，他一拉拉链，可怜的头发，一半在袋里，一半在袋外。

"哎哟！妈呀！痛死了！"姣骄一喊叫，全班的目光齐刷刷地赶过来。只见她一低头，双手想要捂住发痛的头皮，头发顺势把笔袋提了起来，空中荡漾着。

娇骄同桌吴必才眼疾手快，拿住了笔袋，小心翼翼拉开笔袋，解除了发丝之苦。

姜老师三步并作两步下了讲台，停在王子面前："王子，你先站起来。"他正色说道。

王子不动，也不答话。

姜老师有点吃惊，立刻心里盘算："这种娃，来不得硬的，我得先冷处理，暂时先上课，下课了好好教育教育。"

"行，我们暂时不耽搁大家宝贵的课堂时间，娇骄、王子，下课我们到办公室。"

娇骄趴在桌子上，哭得梨花带雨。

同桌吴必才推推她，"没事了，没事了，别哭啦！"还从课桌抽屉深处里使劲掏了颗巧克力，塞进娇骄手心。

娇骄渐渐停止了哭泣，还用右手擦了擦眼眶，吸溜了鼻子。

熬到了下课。

王子被请到了办公室。

"老师，我没错。"

"没错，你用文具袋拉链夹别人的头发，大家都看见了，还不承认？"

"看见的又不全都是事实。是她先把头发侵入我的笔袋的，我才正当防卫。也太娇气了吧！"

"如果别人也用笔袋拉链来夹你的头发，你怎么想？"

"夹不住的，我的头发没这么长。况且，我也不会无端把头发甩到别人桌子上去。"

"王子，有点男子汉气概不？"

"我没有男子汉气概？老师，你要有男子汉气概，就不用和我在这里浪费口舌了。"

"王子，你有点不讲道理哦！"

"老师，我句句在理啊！"

姜老师怒火中烧，才来几天的娃，就地皮子踩熟了，无法无天，强词夺理。他本来想只要王子能认识到自己的错误，向娇骄道个歉，事情不就完了。可他根本不觉得自己有错。

姜老师的课还要继续。茨格格把王子留在办公室。

王子见班主任来了，果然站得笔直。

"茨老师，我想了好久，终于想明白了，今天是我不对。我不该用笔袋夹女生的头发，让她难受。我愿意给她道歉。"

"这样的好态度，不错。那赶快去把娇骄叫过来，当着老师的面道个歉就好了。"

"你这个娃，还是挺识大体的嘛。下次注意了。"

"真个比变色龙还变色龙！"琉璃中午回寝室的时候，听到蔚蓝鄙视的声音。

"这叫适应环境！识时务者为俊杰！龙中之龙！"吴宗贝的高度赞美简直要恶心大家的耳朵了。

但是，大家没有还嘴，琉璃反正对这个新来的转学生没什么好感，不是什么偏见，是第六感觉。有时候，女生的第六感觉也是蛮灵验的。

她们不知道，作为转学生，王子是和学校签了试读协议的，如果扯到了教导处，那是要按章办事的，王子心里可是跟明镜似的。可是，他就喜欢去挑战科任老师的底线，并把他作为一种乐趣，他是有底气的。

那天上完体育课回教室，是琉璃第一次和他说话。

很多人在课桌上趴着休息，有少许人拿了书扇着风。琉璃要去收阅读心得的作业上交，第二组十三个同学就差王子的没有交，小组长给琉璃说过了，说他没办法，催了好几次都杳无音信。琉璃不信了，该是怎样的顶级赖皮才有如此境界。

"王子，你的语文阅读心得作业呢？"

王子趴在桌子上，一动不动。

"王子，请问你的语文作业呢？"

"轰——呼——"从鼻腔里突然发出的鼾声果然不怀好意。

装什么装？琉璃想，我就要烦你到底。

"砰砰砰！"琉璃五指敲在课桌，清脆悦耳。

"烦不烦！没见大家很困，需要休息吗？""催催催，催命的吗？语文催，数学催，英语催，地理催，历史催，政治催，当课代表的就知道催，一天二十四个小时，除了吃喝拉撒睡，还要上课，连耍的时间都没有，哪有时间做作业？我只有两只手，你看怎么办吧！"

琉璃气不打一处来，没做作业还天经地义了，真是岂有此理。

今天，她真要和他讲个理出来。

秀才遇到兵，有理说得清吗？

"你是琉璃。"王子突然从桌面上撑起来，望着琉璃说。

这不明知故问吗？懒得理他！

"名字真特别！"

这葫芦里卖的什么药？是不是要给我挖坑了？

"琉璃。琉璃。"他自言自语，像个疯子。

琉璃摸不着头脑。

"我怎么觉得你有点像林黛玉的感觉！"

分明在胡说八道。

"我是说气质，气质，那种骨子里忧郁的气质。"王子像是对自己说，又像是故意说给琉璃听的。

"忧郁？我忧郁吗？我不忧郁吗？"一个词语似乎要把琉璃埋藏心底多年的全部情感翻找出来。

"他成心的，对不对？可是，他怎么知道自己的心境。自己就装作不知道。"琉璃其实很难隐藏自己的情感，全部写在脸上。

"琉璃，可否麻烦你把你的作业拿我借鉴一下，下个课间十分钟，绝对搞定。"

360度大转变，这是什么神操作。但是，管他的呢？只要交作业比什么都好说。

心理课，琉璃的心总在翻腾，她偷偷看王子的脸，他似乎一直看着老师认真听讲，似笑非笑。

果然，下了课，王子坐在座位上，在板凳上定住了，哪里也没去，用了六分钟，就把自己和他的课外书同时放在琉璃桌子上。"说话算话，看，是不是做完了。小菜一碟！"

琉璃差点儿忘了还要抱作业去办公室，愣在那里好一会。她急忙翻看了折页，果然在勾画的句子下面空间里密密麻麻写满了感受。琉璃难得去分辨他有几分真实的话语。

琉璃的心始终不得平静。

今天中午没有回寝室午睡，据说下周二的三八节活动，需要轮到的班级帮忙。学校的活动经常会有班级主动承担一些具体的小事务，美其名曰，锻炼。

会议在第一会议室召开，来了学校办公室、工会、教导处、年级组的好些领导，在台上坐了一排。

台下的椅子上，班主任、任课老师坐在第一排。其他，按照班级座位顺序，依次往后坐。

琉璃自然坐到了最后一排。反正远，有远的好处。

三八国际劳动妇女节筹备小组的领导们一一庄重发言，活动背景、活动目的、活动安排、活动要求娓娓道来。琉璃感到那些语言仿佛是天边的浮云，怎么都抓不住。她看见那些嘴好像意犹未尽似的，不断张开吐出的云就一直飘呀飘呀，不见了。

班主任利用晚自习最后一节，细细安排了下周二三八国际劳动妇女节的小组任务。从活动现场的主持人、串词的写作、引导、拍照、新闻的写作，班级学生、老师、获奖女教职员工的站位，到幕后花和贺卡的购买、搬运，一一细化到每一组、每个人。

吴必才、娇骄、高原、琉璃、王子被分到一组，负责鲜花和贺卡的购买和搬运。

琉璃纳闷了，啥啥都在一组，那么麻烦的人，事情怎么做？

吴必才作为学习委员，可以管好自己的学习，管理全班的学习还是差了一点儿火候，不过，记得当初老师也说，能力是在行动中提升的。还好，他也算实干，把班上的学习慢慢管理得有点模样了。但是人不多话，实诚。

娇骄自从上次被王子夹了头发，一直心怀不满。要合作团结，估计难。你看，才被老师分作一组，就听见她鼻子里哼了一声。

胖子，高是高，瘦柴一个，作为同桌的友谊，当然也不要高估，勉强可以向着集体。

王子，天上的王子，莫测。别惹。

各个小组分步骤、分阶段展开了自己的行动。花这个东西，不能准备得太早，容易蔫，不新鲜。大家一致决定先把贺卡买来，但是要写上祝福语就是个大工程了。怎么办？三个臭皮匠，顶个诸葛亮，何况五个人，一个半了，也够。一会儿，大家就纷纷说了建议：

"班上每个人写十张，就差不多了。"胖子头脑灵光，第一个发现新大陆似的兴奋地说。

"他们各有各的事，还是不要本班的同学写好。"娇骄有共情的能力，很能替大家着想。

"要是发动整个年级的同学，人手一张，岂不是妙！"王子，赖是赖，想法倒挺有创意。

"王子，要不你找找吴宗贝去，让她去联系各班班长，分发收回。"吴必才终于发挥了学习委员的才能。

"找她，还不如直接让猪帮忙呢？"

而且，吴必才直接打电话给他妈妈，让他妈妈在京东上买来贺卡，第二天上午就到了。

琉璃又一次表现了沉默。

那么，鲜花可以如法炮制。但是，得当天包装好送来最新鲜。问题是，花店只送到校门口，从校门口到运动场还有好远的距离呢？

用什么好呢？

"车，推车！"王子激动地大喊。别看他平时的样子招人厌，每次想办法，上帝都在眷顾他。

"学校餐厅不是有推车吗？平常大家不是看见他们的师傅推个菜啊什么的，琉璃，你和娇骄去借。"王子条分缕析地布置。

琉璃想，你还安排上我来了，但是，鉴于自己的确没出什么力气，借车的重任自己不去也好像说不太过去，就答应了。娇骄不满："凭什么就我们女生去，这种力气活，就该男生去。"

"借个车就力气活，又没有让你们全部推花。想想从头到尾你们做了多少，还好意思推。"

周一晚上，琉璃和娇骄把车借好了，放在了教学楼的一楼楼梯下，方便明天一早到校门口推花。

快递公司承诺七点把鲜花放在学校大门口。琉璃和娇骄吃完早餐急匆匆到大门口的时候，快递公司的人已经到了。他们帮女生把花放了一车，还剩了一小半，只好堆放在校门口，让保安叔叔顺便看着。

"哗哗哗——哗哗哗——"胖子高原第一个从教学楼奔跑着来，琉璃换了侧面的位置稳着花束。快到运动场了，吴必才和王子才慢吞吞地从餐厅折过来。

"你们是来打酱油的吗？"娇骄气呼呼地说。

吴必才不说话，赶忙帮着高原一起推着把手从八号门进去了。

"娇小姐，推个车就把你给累着了，你不是娇骄，你是娇气。"王子仍旧甩着手，大摇大摆地跟在后面。

他们把花放在指定的位置，然后把剩下的小部分再拖回来。娇骄不去了，她说留在这里整理花束。

其实花束早就被花店老板整理好了，两三朵为一小束，还有满天星和一些其他的装饰，看上去新鲜又芳香。可是，一切心里的不快让娇骄完全感受不到花香。她坐在看台的第一阶上，双手捧住脸，瞪着远方。

快到7：40了，8：00点就要开始了。琉璃说："高原，我们去吧。"

"我要去。"王子自告奋勇地说。

"没有多少，两个人就够了。"琉璃补充道。

"那我们俩去。"王子继续抢高原的位置。

"好，你去。你们去！"胖子自觉退出。

琉璃没有多说，推着车往前走了。王子往前快速地走着，拉过了琉璃手里的推车。

"莫名其妙！"娇骄嫉妒地在心里说。

二班的同学各就各位在自己的岗位上。主持人"喂喂"地试着话筒。摄影机早就架设在黄金地点上。引导的同学穿着学院风的裙装像 T 台的模特，步姿优美，双手高举着导引牌……

第二次推花，琉璃几乎没费什么力气，像是跟着车走一遭而已。琉璃也特别疑惑，王子是哪根筋搭错了。

筋没搭错，又多出来许多筋。

三八国际劳动妇女节活动圆满结束，二班全体师生算是大功告成。为了及时表扬他们班的付出，中午，又在会议室进行了活动总结和表彰。

回到班上，已是快要上课了。琉璃昏昏欲睡，倒在了桌子上。

"天呀，这是花仙子吗？"谁的尖叫吵醒了琉璃。琉璃抬起头来，揉着蒙眬的双眼，只听得一阵哄笑声。

什么事情，看把大家惹得那么开心，琉璃想。只见音乐老师已经走到了琉璃身边，指着散落在课桌周围的玫瑰花，问："这是怎么回事？"琉璃一头雾水，再定睛一看，啊，怎么突然来了这么多花。怪事怪事！轮到琉璃傻眼了。

"老师，我不知道，我刚才困极了，才趴了会儿，就这样了。"琉璃傻傻望着音乐老师迷惑的脸。

"快捡起来吧。"

琉璃迟钝地弯了腰，慌忙把可爱的花束花瓣全拾了起来。

音乐老师返回了讲台，"这节课，我们来学习练唱阿伊亚-非洲的灵感。"

"高原，你看见是谁弄的吗？"

"我上厕所去了。"

只有等会去问问其他的同学了。

幸好是快节奏的不断反复。反正唱歌课也不用动太多脑子，跟上节奏就好了。因为比较容易，比赛的时候，组与组之间铆足了劲，声音传遍了校园，惊得花都颤动不已。

"好像是一个完全不认识的人，看见你正睡得香，那时上课铃正好响了，他把花轻轻地放在你的桌边，就转身跑了。"没等琉璃去找他，董语灵一下课就来给琉璃一股脑说了课前发生的事。

董语灵靠谱。可是，一个完全不认识的人，又会是谁呢？我要是福尔摩斯侦探就好了。烦人！

晚饭时，吴宗贝请了王子和女生502寝室的出了校门去吃饭。

烤肉的时间，王子问："唉，你们502寝室的琉璃有点不一样！"

"不一样，你娃才刚来，不会是喜欢上她了吧！"

"喜欢？准确说，叫爱。"

"爱？你这是早恋苗头！小心让老师给掐灭了！"

"难道你们就眼睁睁看着爱情的航船未启，便沉沦无情的大海？"

"你转学难道就是为了谈情说爱的？"

"学习和生活，两手都要抓，两手都要硬！你们这些小屁孩，简直弱爆了！"

"吴宗贝，你的烤肉也是白请了，这些娃吃了净长肉，不长脑子……"王子拍着吴宗贝的肩膀，得意地说。

……

第二天，琉璃的包里，多了一张纸条。

琉璃在没人的时候偷偷拿出来："琉璃，请允许我用这种古老的方式告诉你，喜欢你静静听课的样子，认真、心无旁骛，还有淡淡的芳香，迷人。"

琉璃赶快把纸折了起来，心都要跳出来了。

谁？到底是谁？

先看一看再说。琉璃为收到的纸条烦恼不已。午饭也没怎么吃，就回寝室午睡了。

起床的时候，琉璃连连打了几个大大的喷嚏，甚感无力。

"琉璃，你耳朵发热了没？"宏曼问完，咯咯咯地笑起来。

"这是天要继续放晴的节奏。"吴宗贝不紧不慢地说。

"春天，本来就晴天多。"蔚蓝叠着被子，停了下来，不足为奇地补充。

"见多不怪，琉璃，你不会感冒了吧？"采儿关心地问，还走上木阶梯，去摸琉璃的额头。"我的妈，这么烫！赶快去校医室，多半是感冒发烧了！"

琉璃头重脚轻，好不容易下了床，地如白云似的。她接了冷水来洗脸，真舒服。洗漱好，出了门，楼梯有些旋转，她慢慢下了楼，走出公寓大约两百米的时候，看见宋名扬从一个路口走过来。

"琉璃，怎么还没去上课？"

"我去趟医务室。"

"生病了？"

"有点发烧。"

宋名扬忙跑过来，见琉璃步履不稳，扶了一把。

"不用扶！"琉璃停了停，努力站定。宋名扬只跟随在后面。

采儿急忙去教室给茨格格请假去了。等她回寝室的时候，琉璃已经不在寝室。采儿转到了医务室，宋名扬正扶着琉璃坐下，在量体温呢。

"39℃!"

医生赶紧开了退烧药吃下，叮嘱琉璃多喝水，另外还开了一些感冒药。说，如果24小时还没有退烧，得去医院抽血、化验，看看具体是什么原因。

茨格格也赶到了医务室，琉璃的课是不能上了，只能回家去休养。

茨格格给琉璃舅妈打电话，说明了情况，怕路上不安全，让她来接一下琉璃。舅妈回复说在外出差，要明天才能回来，让琉璃自己先坐车回家。班主任不放心，琉璃也不愿意去舅妈家。琉璃干脆想回寝室。

茨格格劝她，最好去舅妈家，毕竟学校同学们都在上课，没人照顾。可是，回了舅妈家，又有谁照顾。琉璃心里不禁悲叹起来。

茨格格帮琉璃打了车，采儿扶着上了车。茨格格对出租车司机反复叮嘱，到地方了一定给她回个电话。一路上，琉璃靠着车座，半闭着眼睛。身子都快要斜到座位上了。师傅好心地问道："同学，要不要躺着，舒服些。"说着把他备用的靠垫递给了琉璃。琉璃枕着头，躺在了座位上。

琉璃安全回到了舅妈家。

她艰难地上楼了，一进屋就想躺在床上，果然沉沉睡去。

待她醒来的时候，天已经黑了。舅舅带着表弟、表妹才回家，然后做饭。舅舅来喊："琉璃，吃过饭了没?"

"吃过了。"琉璃勉强大声回答。

"好些没有?"舅舅继续问。

"舅舅，我吃了药、出了汗，好多了。兴许，明天就好了!"

舅舅说："那你好好休息,多躺一躺。你舅妈明天就回来了。有什么你就喊我。"

"知道了,舅舅,你先去忙。"琉璃很懂事,也很贴心。她知道,虽然是亲舅舅,不能太麻烦了。

的确,琉璃也没什么胃口,只想睡觉。迷迷糊糊中,她听见手机清晰地响了。一个陌生的号码,被琉璃挂掉了。隔了一会儿,又响起来。琉璃懒洋洋地接起来:"喂,谁呀?"

对方不回答,只问:"你咋样了?好些没?我的宝贝!"

我是谁的宝贝?

琉璃不知是在做梦,还是在现实中,不知是妈妈的声音,还是其他人的话。"妈妈",似乎是一个遥远的词语。她有多久没见过妈妈了,她也不知道。人家都说,可怜天下父母心。琉璃似乎没有得到过妈妈和爸爸的关心。她有父母,却又没父母。她是世界上实实在在的孤儿,泪水湿了双眼。

夏天突然拐了一个弯,又折回了春天。

一周后,琉璃又活蹦乱跳的,回到了校园。

生病算不了什么,但病中的思考很清晰,却不知是谁病了,自己的家人还是其他。

只是,该补起来的课程小山一样压得琉璃喘不过气来。语文的课文字词过关了,知识点很明白,容易理解。外语呢,背单词,背课文,新的句型过关。数学吧,一个个例题,做了又忘了,再来还是老样子。琉璃这周的课余时间几乎被占据了。忙,时间更转瞬即逝。

一切都像回到了世纪的起点。

人间最美的四月天。校园里也热火朝天了。除了毕业年级,每个班都要进行校歌合唱比赛。

那天，展颜来找琉璃。她们手拉着手，沿着运动器械边上走。

"我们班的合唱，根本不用我出主意，天呀，班上的人才太多了。你不知道，宋名扬把校歌配舞跳得前无古人后无来者，你是没看过，真的让你难忘！"

"还有弹古筝的，美声独唱中间一节的。我算是开了眼界了。"

"你们班呢？"展颜问。

"不知道。我不是生病了一段时间吗？"

"生病了，我看看，哟，小脸又小了呢？咋这么不小心呢！但也是，这鬼天气，一茬一茬变得实在不像话！"展颜机关枪似的说道。

"没事啦，看我，好着呢！"

琉璃喜欢校歌。是唱歌课上音乐老师教了几遍就学会了的，她觉得那词真是妙极了，有心灵坐观山水的感觉，舒畅。

果然，下午自习课，茨格格找了班干部、课代表一起商讨校歌表演比赛的事，让大家出谋划策。

"可以来一点朗诵。"采儿建议。

"伴奏的话，选娇骄，听说她的小提琴过了九级。"

"伴舞加一点，形式多样！啥，琉璃学过中国舞？"

"双人舞更好，其他班肯定没有，董语灵也学过的。"

"那他们俩一起表演，独特！"

……

茨格格在听取每一个建议后都把它们写在笔记本上。

班上的练习在如火如荼地进行着，别说，经茨格格调整，整个配合拿捏可是刚刚好。

有天傍晚，琉璃练习了舞蹈回到教室，顺手一摸抽屉，想拿本书出来扇凉，却摸到了一张贺卡。贺卡封面上是一个跳舞的女子，一翻开，三行大字入了眼：

琉璃，

可不可以别去跳舞，

为了我。

这是炫耀诗歌吗？简直莫名其妙。为班级增光的事，是整个班级的决定，而且班主任都称道的，难道，我要为了这奇怪的不存在的理由放弃。真的是有病，病得不轻。为了我。我是谁？

琉璃把卡片扯碎了，扔到了垃圾桶，生气地坐下。

她突然感到可怕。

难道写卡片和写纸条的是一个人？到底是谁呢？班上的？别班的？男生？女生？但他一定是熟悉我的学习生活。

琉璃好累。她有点想姥姥了。想念北方的平原，广袤的土地，亲切的白桦树和夜晚满天繁星。那群小小的猪娃应该长大了吧，它们也会被带到不同的地方，长大，过着猪一般的自在生活。姥姥的狗，也还会记得自己的模样和声音吧。姥姥还是那么辛苦地早出晚归吗？生活，终究是一条向前流逝的河。而人，就是其中的一叶扁舟，或风平浪静，或浪恶风急。

阿牛哥说，到更高更远的地方去，风景更美。


"琉璃，听说你们班表演校歌，你要伴舞？"有一天课间，宋名扬经过琉璃班级时，问琉璃。

"对呀！听说你也是伴舞！据说厉害得不得了！"

"消息蛮灵通的嘛！别听他们瞎说！可是，琉璃，你舞跳得好，我还是第一次知道呢。好期待的！"宋名扬朝琉璃竖了个大拇指。

"舞台上见！"临走时，宋名扬给了琉璃无声的鼓励。

琉璃不去想什么纸条，什么贺卡，让它们统统见鬼去。从此，她和董语灵找了块清静之地，有了空，更加卖力地练。

每次回到寝室，琉璃筋疲力尽。有好几回，她看见吴宗贝附在宏曼的耳朵旁说着什么，然后双双哈哈大笑。她也懒得去管，走自己的路，让别人走别人的路去吧。

董语灵被琉璃的劲头吓了一跳。有时明显感觉琉璃很疲惫了，但每一次她总要求自己不能有一丝一毫的错误，重来、重来、再重来，每一个动作细化严苛到了无以复加的地步。董语灵好心提醒琉璃："是不是有什么心事？"

"哪有什么心事？一心为班里的事！"

好吧，董语灵只好小心翼翼地配合着。

周三的下午，班歌合唱即将上演。

周二下午彩排的时候，董语灵不见了。茨格格着急将全班同学召集起来，满校园找。找遍了室外的空间，竟然没有一丝踪迹。到哪里去了？问了班上的同学，问了他经常一起打篮球的球友，都说没有见到，也没有一起玩。茨格格觉得很蹊跷，去学校监控室调取了监控来看，时间定格在下午第二节课后，董语灵上完厕所出来，被一个男生叫住，然后去了垃圾车堆放室，堆放室的门竟然是开着的。仔细放大，比对，原来这个陌生的男孩是十四班的。茨格格让保安保存了这段监控，立即打电话报告了年级组长、教导处主任，同时给十四班班主任打了电话。

茨格格让吴宗贝去借了垃圾车堆放室的钥匙，一起开了门，董语灵正趴在地上，鼻青脸肿，很难受的样子。看见茨格格，叫了声："茨老师……"就哭了起来。茨格格让同学去医务室借了副担架来，小心翼翼把他扶上去躺下来，直接打了120。

茨格格、年级主任、教导处主任都去了医院。当医生说只是皮外伤，没有伤到骨头和要害时，他们都松了一口气。董语灵爸爸妈妈正在来的路上，茨格格把今天发生的事情全部告诉了董语灵的爸爸妈妈，他们很安静，也很明理，希望把事情弄个明白，毕竟事情已经发生了，那么最重要的是把自己孩子医治好，同时要做好心理抚慰。

医院里，茨格格安排了高原和吴必才暂时照顾着。班上的合唱比赛由吴宗贝和采儿担着。双人舞是没办法了，琉璃只好一个人独舞。琉璃似乎意识到了什么，她又在自己的舞蹈动作里加了些独特的动作独白。

十四班的那个学生说，同学不是他打的，他只负责把董语灵喊到垃圾车堆放室就算大功告成。至于里面发生了什么，他也不知道。

"谁让你把人带到垃圾车堆放室的?"十四班的班主任吴老师严肃地问。

"不知道。"胡星低着头，并不想说实话，大约是收了同学的什么好处。

"你知不知道，你虽然没有直接打人，但你间接参与打人，是非常严重的事情，是要记大过处分，跟随你的档案一辈子的。"教导主任开导他。

胡星一听，马上软下心来："老师，我知道是谁，但是他说过，不让我说出来的。"

吴老师把胡星带到走廊上，胡星说："老师，是二班的王子。但是，如果我告诉了你们，周末他就不会请我们去玩游戏了，还有，他说我泄露了他的话，我也会挨打的。老师，千万不要说是我说的。"还没说完，胡星就已经想要跪下来求老师不要惩罚他。

"王子，二班的插班生!"教导处主任惊讶地说，"才来多久?"

"王子，你为什么打董语灵?"

"不为什么?"

"无缘无故打人? 你忘了协议!"

"没有忘。"

"那不是自己给自己找麻烦，你在我们这里待厌了，想换新环境？"

"不是。"

"我看他不顺眼。"

"看什么不顺眼，就去打？你有没有想过后果？"

"后果又不严重。"

"不严重打到医院里去了?!"

"那是他不禁打。"

……

看来，还得私下里来聊，才能获取真相。

茨格格先一边抽出身来，通知了双方的家长务必到学校，当面解决。一边申请和王子单独谈。

原来，王子是因为喜欢琉璃，琉璃和董语灵跳双人舞而嫉妒，暗示了多次得不到化解时，便出此下策。

"我是王子爸爸的秘书小张，王子爸爸正在主持一个重要的会议，实在走不开，有什么需要我们做的，我们愿意承担一切。"小张一来办公室，同所有人握了手，态度诚恳，语气和蔼，姿态很低。

"首先，我要给董语灵爸爸妈妈道歉，是王子不好，打了你们的娃娃，将心比心，大家都是做父母的人，肯定会难受。我表示十分的歉意。作为过错方，医药费我们全部出，后期娃娃的营养、课程的弥补方面我们愿意完全负责……"

鉴于双方的家长都能冷静、理智地看待问题，在学校的调解下，此次事件得到了妥善解决。

"但是，王子，必须给王子一次严肃的处置，才能够让他在内心有所警示。"教导处主任坚定地说，他可不希望回头又出什么幺蛾子。

打人的事情暂告一个段落，班歌比赛的余温尚存。

宋名扬的舞红了，琉璃的舞蹈也红了。同学们议论纷纷。

"看不出来，这个小妞挺厉害的！"

"你说跳得最好的男生和最好的女生搭档，会有什么效果？"

"不鸣则已，一鸣惊人！"

"天造的一对，地设的一双！"

……

连展颜都火急火燎地跑来祝贺。

"琉璃，你是真人不露相啊！"

琉璃很想告诉展颜，关于舞蹈前前后后的事。但是，王子打人的事情不就得前前后后告诉她了吗？算了，有些事情，还是留进历史的尘埃中去吧。

宋名扬似乎知道王子打人的事情，现在很少来找琉璃了。他虽然不怕有些不必要的流言到处传。他其实很想找琉璃问一问关于王子打人的事，但看到琉璃有意闪躲的样子，也就不好专程去问了。但是一天晚自习前，宋名扬还是碰到了同去教室的琉璃。

"还没恭喜你呢，舞跳得真好！我听别人说。"

"没什么恭喜的，你不也跳得好极了。不过，你一向就跳得好！"

"听说，你们班的伴舞，先前是两个人来着……"

"嗯，因为班级做了调整，所以就我一个人跳了。"

宋名扬感觉到了琉璃的难处，就放弃打破砂锅问到底了。也许，别人有别人的难处。

他们分别朝自己的教室走去。好像过去的友谊，也渐渐有了罅隙。

夏天，就这样匆匆溜走了。

暑假，漫长得看不到边的影子。

琉璃报名参加夏令营活动，说是去长见识，体验别样的暑假。舅妈似乎知道，茨格格告诉了家长说这一次是高校暑假游。舅妈觉得，提前去感知高校，这对小孩确立远大目标有帮助。好吧，正好，琉璃也不想待在舅妈家，难得去想那些不是理由的理由。

好像很多同学都报了校外的夏令营，大约是时尚吧。所谓读万卷书行万里路，家长们也是为孩儿们的未来铆足了劲。

带上行李、带上作业，出发。

团队安排得很细致、周到，在参观间隙，行程表上统一安排了一目了然的暑假作业时间。可是，出行后才发现，这一路上，同学们除了看风景以外，大多数时间，都在看课外书呢！琉璃实在太佩服这一行人了。大学还早，已经这么努力了，我不够优秀难道不应该更努力？想着，琉璃也拿出书来，随着震动的车厢一起摇摆向前方。

第一站，蓝华大学。

琉璃和同学也随着长长的队伍，排队登记进校。这个一流学府是多少人的梦想，无论未来来不来这里，今日到此，幸福足矣！

参观的人群远比里面的大学生多得多，这里一群，那里一堆，领队的拿着足够明显的标志，在队伍的最前面骄傲地走着，仿佛走在蓝华的校园里，就是蓝华人一样。琉璃他们顺着一条宽阔的大道向前走着，一路大树的青绿盛开，疯长，流水也潺潺。

蓝华园，多遥远又动听的名字呀，却又触手可及了。老师喊，大家来站好队伍，迫不及待要留影纪念。

蓝华学堂静静地站立着，灰白的红瓦顶，灰白的墙面，在阳光下熠熠生辉。

荷塘的花开着，那个名人走过的月色，还在美丽的散文里飘逸，更在每一个到达荷塘的人心里怒放着荷的千姿百态。

"同学，您好！可否麻烦您帮我拍张照片！"一个大男生向琉璃请求着，已经把手机投过来。琉璃觉得拒绝很为难，就诚惶诚恐地为他拍照。那个男生眼神坚毅地望着远方，站在水木蓝华前，和字和景一起闪耀在琉璃的眼前。

"你独自来蓝华？真厉害！"

"厉害啥，我都是高三毕业生了，已经收到蓝华大学的录取通知书了，正是提前来体验呢！"

琉璃一千个一万个敬佩由衷而起。但她不知说哪一句好了，话说人如其质，说的就是他吧。

琉璃才发现手机还在手里，赶紧把它给了大男生，还问，这照片可行？

"不错，不错！非常感谢你！"

"举手之劳，不足言谢！"

"妹妹是来参观的吧，加油吧！"

"自强不息，厚德载物。"揉进行人的不止眼里、心里，还有骨里、魂里。

到达，更是出发。琉璃不禁向往着，未来似乎已经飘进谁的天空。

琉璃给阿牛哥和真儿姐分别寄了一套蓝华的明信片。

宋名扬的朋友圈很久没有更新了，暑假他去了哪里呢？放假前好像没有听他透露。琉璃也觉得自己对他疏远了很多，自从王子打了董语灵，自己总是绕道走，她怕什么呢？没有理明白。

琉璃给姥姥打了一个电话。算起来，已经一个月没打了，真是不称职的孙女。电话那头，姥姥欢喜的声音，让闪烁的星星都要跳跃下来了。琉璃激动地告诉姥姥，自己随老师和同学到了美丽的蓝华大学。"璃儿，好好学习，走好自己的路，奶奶相信你。"挂了电话，琉璃意犹未尽，又发了去蓝华的照片和展颜分享，展颜回过来一串的点赞和玫瑰花，还有一个流着口水的人头像，把琉璃逗笑了。其实，暑假大家都没闲着，展颜告诉琉璃，她在自己舅舅的一家公司里打暑假工呢，算是体验生活吧。

旅途里，琉璃和来自年级（8）班的锦琳琳熟识了。

从南到北，是梦想的飞跃。

从北向南，是心和脚步的真实丈量。

第二站，那江大学。

流淌着金色水流的大字耀眼嵌进大理石里，琉璃突然间有种熟识已久的感觉，但一时又想不起在哪里见过。西式花园、慎思堂在古老幽深的山林里隐藏，绿意包裹，蓬勃的生命力里好像有种声音在催促自己。

"琉璃，你知道吗？这是我妈妈的母校。听我妈妈说，她的大学生活很充实，她很喜欢自己的大学，今天，我要多拍点照片给妈妈，同时，我也要用心感受妈妈当年走过的地方。"

"妈妈说，读大学，不是证明你有多厉害，而是去享受那里的人文地理，去开阔自己的视野，接受更多感受幸福的能力。"

琉璃感受得到，虽然才和锦琳琳认识，但她的为人处世里让人觉得妥帖、舒适。难怪有好妈妈了。

"旷三姨？"是的，琉璃想起旷三姨来，不是她送给自己一盒那江大学的书签吗？哦，在这里相遇了。

缘分，有时候还真是奇妙的事。

那时，旷三姨偷偷告诉自己，说她和妈妈是同学，一起读的小学、初中和高中，考大学的时候，旷三姨考取了那江大学，这在姥姥的村里可是个惊人的特大喜讯。可是，妈妈却落榜了，于是妈妈随舅舅去了南方打工，后面的事情琉璃就不愿再想起来了。

琉璃抬起头，看见了一只鹰，飞舞。

明天，是自己的。现在，也是自己的。

第三站，五川大学。

舅舅说，琉璃，大学就在南方读，五川大学不错，我们也好照顾你。

这话想起来好像琉璃要专门麻烦他们一样，那到底是选还是不选。也不是那么重要了。有些话，总是要说出来的。有些话，不必说放心底就可以了。虽说同在南方，琉璃还真是没去过五川大学。领队的老师介绍，五川大学是全国重点大学，位列国家"双一流""211 工程""985 工程"，别说，每年录取的分数还真不低，要考上还真不容易。那舅舅真的是高估了我的水平，琉璃想。

还别说，远香近臭的话不灵了，五川大学里越走越让人喜爱了。

加油，琉璃！

青春
不叛逆

初二了。

今年的教师节表彰大会，是和学生的表彰一起举行的。一年的付出，德智体美劳五育并举，站在领奖台上，学生的金光闪闪，就是对教师最好的嘉奖之一。琉璃听着熟悉的名字：展颜、宋名扬、吴宗贝、采儿、董语灵、锦琳琳……从领导的嘴里一个个欢腾蹦出来。琉璃为他们获奖感到开心，同时学业获奖的还有奖学金，奖金还真有点迷人。

"什么，居然有我的名字？"当队伍里的人喊琉璃上台的时候，她不敢相信自己的耳朵。

她不知道的是，这次，也是舒老师在茨格格面前推荐的，说琉璃做课代表实在是这些年来最为老师和同学着想的人了。

琉璃走出队伍，踏上红地毯的时候，真像踩进白云深处，柔软细腻。站在台上，运动场是一片辽阔的海，黑压压的人群，分不清哪个是班级的同学，当主持人说"让我们再次用热烈的掌声祝贺他们的获奖"时，掌声如潮，在琉璃心中滚来滚去。

初二的号角已经吹响。

都说初二的少年，有固定的青春期和叛逆期，我们也会吗？也会吧。

"我爸爸想得真美，说如果考不上高中，总得学一点什么吧，不如跟我学厨师！"高原常常对同学们说。

说完又问大家："你们愿意学厨师吗？"

"你们家开的新东方吗？"有人嘲笑。

"我不学。我不想天天吃油烟。"

"你观念太落后了，现在都是无烟机，哪来的油烟？"

"无烟机，哄鬼去吧！"

"厨师还有大肚腩！"

……

"琉璃，你想初中读完后做什么？"

有一天，锦琳琳和琉璃在大课间碰到的时候突然聊起来。

"应该是高中吧。"琉璃没怎么想过，她觉得是很多人都会选择的结果吧。

"上高中的话，得加油哦，高中可不是那么好上的。不过，我准备去上高中的国际班。"

"你想出国？"

"对呀！我小姨在澳大利亚，在那边上的大学，然后也在那边找了工作，还给我做了大学的攻略呢。"

琉璃才发现，自己对未来从来没有规划过。那天的寝室里，所有人都在谈论理想这件事。

"我，不用管，我爸会安排规划师专门为我打造的，反正不用我操心。我现在是吃好、耍好，在学校里学着走就对了，已经很对得起他们大家了!"吴宗贝坐在课桌旁,对着镜子哈哈大笑说。

"我采儿有身段、有学段、有手段,还没有上不了的高中大学。只是挑选哪所的问题。"

"我不急,现在不是我发力的时候,厚积而薄发,到初三再把自己的潜力展示出来也不迟,我一心一意要去巴黎做设计师来着。"蔚蓝仍旧翻着时尚杂志。

"大展宏图,慢慢来,没见我名字里这样暗示的吗?我,聪明、机智、享受生活、享受学习,高中有我没我都无所谓,条条大路通罗马。老妈说,前途是光明的,道路是直直的,幺女,妈妈直接把你送到罗马。"

"琉璃,你呢?"大家一齐问。

"我,我……"结巴了好一阵,琉璃不知道说啥好了。

大家一阵哄笑。

周四的下午,初二年级举行了一次特别的活动,是高中的老师带来了以《养成良好习惯 铸就辉煌未来》为题的热情洋溢的讲座。讲座开始前,他透彻分析了当前的中考形势,阐明了从初中到高中的升学率问题,趁着讲座的余温,他呼吁并详细为大家作了科学系统的两年计划安排,最后也回答了各位同学千奇百怪的提问。

琉璃真实感觉到,升学是一个问题。她明白自己在班里的位置,更不用说在整个年级了,"淘汰大部分",那个老师的话还在耳旁响起,奋进吧。


一个假期的冷淡,王子似乎懂事了许多。

可是,班级里突然爆出个冷门。

不知又是哪个倒霉蛋触碰了他的过敏神经,他把一个适当的野撒到了课堂中。

在琉璃班上举行一堂区级教研课，由舒义老师来上。教室里除了本年级的语文教师，还有来自区上市上教育局管教学的领导。课在别致的导入中行进着，朗读、提问、回答、相机引导，气氛流畅，生成效果好，引得下面的老师除了做笔记外，还拿手机不停拍照、录像。一切都在朝天时地利人和的方向发展着，到最后的拓展时间里，需要同学们用一首熟悉的古诗来映照，王子出奇地举手了。本着最大化地展示学生，舒义老师毫不迟疑地把王子叫了起来。王子站起来，还故意收腹挺胸，然后慢慢地说："老师，是这首诗……"王子比较有感情地背诵了出来，等同学们鼓励的掌声还没响完，他却继续大声补充道："你昨天让我背过五六次，还写了十遍呢!"

全班哄堂大笑起来。

王子自己坐下去了。

舒老师气得好想晕过去。王子啊王子，昨天让你背，也让你例行过关，班上的同学早就默写过了，就你，总共四首诗吧，还得一天一首地背，背了也不一定能写准确，写了十遍才完成的光荣事迹竟然拿到这种场合来炫耀。

解释吧，这种场合，解释了反而好像实锤自己事先真让学生准备好了的。我舒义是这种师德和素质的人吗？不解释吧，这句话的确有冲击力，在教育改革的当下，写十遍有处罚的意味，但是，他们会理解一个根本不愿意学习的学生，自己千方百计为他着想提分的事实吗？

琉璃真想用一坨大稀泥给他扔过去。

下了课，所有领导、老师全部去会议室议课去了。

王子快乐地跑出教室玩去了，琉璃义愤填膺，她快速跟在王子身后。

"王子，你是故意的吗？"

"什么故意不故意？琉璃，你说的什么话，听不懂呢！"

旁边的同学偷偷地笑。

"你欺人太甚了！今天什么场合，你这样对舒老师！"

"你谁呀？语文课代表，有权利来指责我吗？我哪里错了？"

"舒老师平常怎样对你，你心里不清楚？"

"我以前怎么对你，你心里不清楚？"

"你们到底谁心里清楚？"旁边的同学一起起哄。

琉璃只好气呼呼地跑了。

琉璃在大路上走着，忽然看见一个女生正伏着身，拿片大树叶往地上捡着什么，捡垃圾？也犯不着这样一处一处捡啊，她凑近了看，原来是掉在地上的一只蜜蜂。

"你需要个袋子不？"

"不用。"她继续捉着。

"你不怕被蜇到？"

"被蜇过，不怕的。"

"蜜蜂，你抓来干吗啊？"

"我有个朋友，特别喜欢昆虫，还喜欢用来做标本。"

她执着地往它爬去的方向挪动着。

她的朋友是幸福的，琉璃想，她也是幸福的。

自己刚才不是比被蜜蜂蜇了更难受。

晚自习前，琉璃趁了机会，看舒老师一个人在办公室时悄悄溜了进去。

"舒老师，给您。"琉璃把一块巧克力放在了舒老师的办公桌上。"舒老师，下午王子肯定是故意的，你别理他，也别多想。我们是特别喜欢您的语文课，而且，我们都特别喜欢您……"

舒老师抬起头来，眼神里有无限的欢喜，"丫头，我没事的，老师嘛，除了吃粉笔尘，还得有心胸吃得起气，不是有句话说世界上最宽阔的是海洋，比海洋更宽阔的是天空，比天空更宽阔的是老师的心吗？你别担心，我不会放在心上的，你去上自习课吧。"

舒老师一席话，让琉璃放心走了。

其实，她不知道，今天的公开课后议课流程里，领导们就王子的话进行了看似温馨的提醒，实则是很伤人的批评。舒老师，也算是有点底气的老语文教师了，在省市区上的大奖小奖也拿过不少，自然不会放在心上，因为他们也不完全了解自己学生的状况，也没必要解释，解释就是掩饰，有人说。又何必多此一举，领导的建议听着就好。

对得住孩子们的未来，自己问心无愧，别人曲解又有什么关系呢？十年树木，百年育人，语文教育哪有那么立竿见影的事，我现在能为他负责的，就一定要做到。舒老师认为做老师就必须要这样，否则，当初自己为什么要走这条路呢，选择了就要坚持。

一夜无梦，睡了个好觉，琉璃伸伸腰，觉得神清气爽，禁不住唱出几句歌来。

"琉璃，有啥大喜事，看把你乐的，说出来，我们也乐一乐？"采儿伸长了脖子，问道。

"没什么。"

"没什么？你平时连个屁都懒得放的人，今儿个都唱出来了，还没事？"宏曼仔细分析，反问道。

"真没什么？"

"越说没什么，越有什么，哈哈哈，是不是！"蔚蓝放声大笑，有喜剧演员的色彩。

"这是一个神奇的清晨，有许多鸟儿在喳喳……"吴宗贝自编自唱着没有听过的词，像一个故事无声的开端。

大家都习惯了，忙着穿戴，出了门。

琉璃咚咚咚地下了楼。在即将出公寓的时候，右脚绊了一下高出地面半厘米的铁门槛，她尖叫了一声，重重摔了下去，跪倒在地上。

"要紧不，琉璃，摔到哪里没？"只见一个人匆匆跑过来，就要来扶她。

"等我坐一会。"琉璃果断拒绝。好一会，琉璃缓过来，把脚伸直了，轻轻坐在地上。又过了几分钟，自己慢慢站起来，膝盖有些生疼，挽起裤腿来，上面已经擦掉了一大块皮，还好，骨头没事。她尝试着站起来。

"要不要去医务室看看？"琉璃才看清楚，来问者是王子，手里还拿着一盒东西，关切地问。

"不用去，无大碍，几天就好了。"

"这是专门送给你的……"

"我不要！"琉璃连看也没看清楚是什么东西，就坚定地回绝了。一瘸一拐向前走。王子立即跟上，脸色有些难看。琉璃忍着痛，走得更快了，她索性往教室去了。

"来，搭把手。"宋名扬从后面去扶正上楼的琉璃。

"你怎么啦？走成这个样子。"

"一大早运气不好，摔了个嘴啃泥。"

"不用不用，我靠着扶梯走就好。"

宋名扬的手缩了回来。

"琉璃同学，最近很难看到你呢？你好像很忙呢？"

"初二转折点，谁不忙？大家都在忙的嘛！"

"转折点？转什么折？"

"你当然不知道我们这些平凡人的学习生活了?"

"有什么需要帮忙的,说一声就是。"

"说了也白说,帮也帮不上。"

"何必那么绝情!"

"鸡蛋、面包、牛奶,早餐三件套来了!" 琉璃刚坐在椅子上,猴子像猴子一样从后门窜进教室,往琉璃桌子上一放。

"我何德何能,接受你的馈赠?"

"你大德大能,看在同学的面子上,吃一点。"

"你的面子有多大?"

"薄面,一点点厚。"

琉璃虽然嘴不饶人,但肚子真的是饿,关键是还有一上午的课,不吃要趴下。

琉璃慢慢踱出教室,提着三件套。

"你得把她同桌打理好了,你才能更好地接近她。"放学后,教室里只剩吴宗贝和王子在思考。

"高妙!"

"不过,话说回来,王子,你热脸贴冷屁股,有意思吗?全校那么多女生,你为什么单单看上了她?"

"你不懂,缘分!"

"缘分,我怎么看不出你俩的缘分。我只知道,你为她付出那么多,她为啥一点都不领情呢?"

"领不领情不重要,关键是让她知道我喜欢她就可以了。"

"你这不是剃头挑子一头热吗?"吴宗贝有点嘲笑他了。

"咱俩还是不是哥们?"

"哥们就这样嘲讽，你是来帮我出谋划策的，不是来看我笑话的。话题严重偏离。"

"哥们，永远的哥们。"

"高原，我让我爸给你爸弄个好地段开店，如何?"

"那敢情好。"

"不过，有个条件。"

"什么条件?"高原有点胆战地看着王子。

"就是，你得把琉璃所有的情况都告诉我。"

"怕是不太好吧!"高原难为情。

"实现你爸的梦想重要不?"

"你需要了解什么情况?"

"家庭情况、性格、爱好等，越详细越好!"

茨老师下午上第一节课，提前来了办公室，她在窗前看十月的天空，云淡风轻。只见文一二冷不丁推开了门。

"老师，老师，我给你说个事，天大的事!"

茨格格朝文一二走过来，"老师，我发现了一个天大的秘密，今天中午衡宇洗澡的时候，我不小心打开了浴室门，看到他的手臂上有好多的割痕。妈呀，吓死人了。"

"文一二，谢谢你来告诉老师。这件事暂时不要告诉别人，放心，交给老师来处理。你调整一下心情，好好地去上课。"

文一二毛手毛脚地走了。茨老师心里惊了一下，文一二口中的衡宇，看起来开朗，而且还非常懂事。怎么会自己割自己。她决定下午一定要用一个合理的机会介入。

茨格格经常会找同学谈话，这是同学们都熟悉的，这是学校对班主任的基本要求。其实没有这个要求，茨格格也明白，找学生谈话虽然耗费时间，但对了解学生的心理动态是很有效的。她决定，今天找两个同学谈话，一个是采儿，最近的课堂老是有点无精打采，不知是何缘故。

"采儿，一年多以来，你为班级做了很多的贡献，老师非常感激！"茨格格带着采儿在校园的花园里走着，开门见山。

"老师，我也没做什么，其实就是把班级管理好而已。"

"这就是最大的辛苦了！平常你都做得很好，老师可能表扬你很少，这是老师的不对。我以为你都会理解的。最近是遇到了什么心事了吗？"

"老师，我可能下学期要转学了！"说完，采儿哇的一声大哭起来。

茨格格把采儿揽入怀，轻轻拍着她。

"哭出来好受些，哭吧！"

"我们家生意今年亏了，可能下学期就会转回老家去读。"

傍晚的风，微凉入袖。茨格格的心情也微凉。教书那么多年来，也遇到了各种各样家庭的学生，虽然自己处变不惊，但对于发生变故的家庭，孩子要去承受，对他们的心理确实不是一般的磨炼。真希望他们能够从此担起生活的责任，对自己负责。

"生意难免有成败，人生也是如此，失败了不气馁，在哪里都一样，好好读书。"

那么衡宇呢？

月亮弯弯，挂在高空。茨格格邀了衡宇来走运动场。有心理学家说，在一个敞开的大环境中，人容易吐露自己的心声。

"衡宇，你喜欢月亮吗？"

"算是喜欢吧。"

"我很喜欢。我记得在小时候，乡间的月亮看起来很圆很圆，它在寂静的天上，遥远而又神秘。那时，我也常常遥望它，想象过它上面的样子。常常，我就会和它聊天，开心的，不开心的，一说，就会觉得舒畅极了。"

"老师，你也在乡下待过？"

"我在乡下长大的。喜欢泥土的芬芳，喜欢一切庄稼的生长，春夏秋冬，自然流转。"

"老师，我读初中以前也在乡下，爸爸妈妈忙，我是跟着我的奶奶生活。可是，我才离开她不到一年半啊，她就生病去世了。她怎么能丢下我呢。"

茨格格清楚看到，衡宇习惯性用右手拧自己的大腿。

啊！茨老师在心里感慨。亲人的离世，这种打击是无法弥补的。他的父母再忙，我应该和他们沟通一下，还要让班级的同学尤其是同寝室的帮助他，转移注意力，渡过情绪的难关。

还有王子和琉璃的纠结。

还有秋莱上周末又和她的妈妈闹僵了。秋莱说，她妈妈老是管她，管得变本加厉，常常翻她的日记本，自己连一点隐私都没有。还不让她跟同学或者朋友玩。秋莱妈妈打电话给茨格格，在电话里千恩万谢叫老师务必帮忙开导。

昨天，学导处例行检查学生着装，竟然发现班上有戴耳环的，学导处老师给茨格格打电话，说要整改，还要复查的。

班主任的工作真是一地鸡毛！茨格格想，要用一剂什么药方，给青春少年的他们注入强大的力量，奋力、向上，爱自己，爱青春花季、缤纷多彩的年纪。

还要和家长们交流，教育孩子就要从孩子的成长入手、真正关心他们的心理，并适时放手，家长仅仅忙自己的事业，把孩子交给老人、保姆、亲戚、学校老师，这样能管好吗？

她去请教了自己大学里的老师，收获了很多，她决定，来一场初二的洗礼。确立了内容，茨格格开始行动：修身讲座，请的是大学文学院的网红教授，也是他的师哥，他不仅年轻，而且成绩斐然，请他来讲的主题为《人生只有三天》。

听说一个神秘人物要来班上讲座，同学们早就按捺不住心情了。讲座当天，班级里气氛热烈。颜值+担当，不仅让女孩子尖叫，男孩子都嫉妒。网红教授的讲座语言满富冲击力和激荡力，同学们除了聚精会神，便是掌声雷动了。在最后的问答环节，琉璃问了一个尖锐的问题：你在我们这个初二的年纪里，是怎么做到两耳不闻窗外事，一心只为读书忙的。

"感谢这位女生的提问，非常好。我在你们这个年纪，可没有你们这么好的条件，我们每天上学放学都要走一个多小时的山路，课余时间都献给了路程。但是，我们回了家，除了要帮父母做一些家务事以外，晚上就要独自完成家庭作业了，当然，每天看点课外书籍是必不可少的。记得有一次晚上，看一本书，书名也忘记了，看着看着，竟然忘记了自己身在何处。现在想来，求知的幸福和快乐真的是无法用语言来描述的。"

"是的，专注你的学习，青春年少时是最好的资本，人在这个时候精力最充沛、最旺盛，要给自己规划好大把的时间，每一天、每一周、每一学期，细碎零散的时间一旦合理利用，作用不可估量，我以我的经历如是说。谢谢大家！"琉璃带头站起来鼓掌。

大家鼓起掌来。

晚间的课，茨格格拿了一节课的时间让学生来梳理今天讲座的重点，并规划自己的初二，目标是什么，以及短期目标和长期目标的具体安排。同学们似乎受了震动，安静思索，下笔沙沙。

第二道舒心的菜，是茨格格请了一个正在某世界著名大学里就读的自己的得意弟子回来，和师弟师妹们谈心，交流学习方法。

那是一个美丽的清晨，王子以为自己走错了教室，英语早读，茨格格不在班上，却是一个长发飘飘，精致到了极致的脸上散发着迷人微笑的大女生，靠着讲桌的一角。他悄声问琉璃："新来的老师吗？要换班主任？哇，太美了!"

琉璃没有搭理他，继续放声朗读课文。

王子又去拉娇骄的头发，"有病吗?"娇骄骂了一句。

王子无趣地坐下来，慢吞吞地拿出书，装模作样也读起来。

一下课，大美女就往茨格格办公室走，一大群屁小孩跟在后面，往办公室挤。

"挤什么挤，没见过这么漂亮漂洋过海的师姐吧?"茨格格站在办公桌旁大声说。

第一节课下课，有人得了消息，说马上就是那个大美女来和我们聊，人群振奋，以前铃声一响就奔跑出去的，现在个个都不挪窝了，连上厕所都觉得浪费了宝贵的时间，巴望着。

她轻盈地飘上讲台，还没说话，千万的眼波流转，右手一抬，多媒体缓缓展下来，素净的 PPT 上六个大字映入眼帘：我的动人初二。

同学们正襟危坐，她朱唇微启：我妈妈因为家庭的缘故，带着我从国外回来了，初一下转入了茨格格老师的班上，也是你们现在的班主任。想想自己一个国外回来的小孩，英语溜惨了，根本不把英语老师放在眼里，还觉得她 low，我行我素。缤纷多彩的头发，每天穿着自己时尚的服饰出入。老师说，头发要符合校规，衣服要穿校服，我就反着干，我还威胁我妈说，如果不让我选择穿自己的，我就不上学。作业一塌糊涂，考试成绩连自己最引以为豪的英语也垫了底。

无话可说，能有什么资本混啊？这时，茨格格帮助了我，让我从心底服了气。

你们知道吗？初二的时候，我还是个大胖子。

话音未落，人群里爆发出质疑的声音："大胖子，不相信！"

"啪！"第二张 PPT 出来了，惨不忍睹，这相片和讲台上的人，天壤之别。

回过头来，连我自己都不相信，今天的容颜是茨格格给予我的新生。体育是中考必考的项目，我那个体型，估计连及格都难。茨格格说：跑步去。从此，班上的同学轮流陪我跑步，这一跑便坚持到了现在，现在每天不跑，还觉得难受呢。

初二那年，我的成绩直线上升，从年级倒数直接逆袭了前 100 名，体重从 120 斤减到了 98 斤。

"哦！"人群里又一阵惊叹。

我的"现在板块"里，师姐呈现了读研的研究成果，以及未来的选择，让人仰望，脖子都酸了。

但是，她的方法，她的目标，她的坚持，师姐的话在这个秋天的暖阳里直上人的心头。

至于家长和孩子如何做到有效沟通，茨格格想了一个办法，她去找了年级主任，联合心理工作室的老师，制作了一期特别的视频，案例加方法，非常实用，她希望，真的能改变家长的一点点观念，或许就会前进一大步。

静等花开，静等花的爸妈慢慢来。

躁动不安的年代，茨格格智慧地引领着班级的走向，琉璃打心底里感谢她。一段时间后，班级里大部分同学似乎有了新的转变，入室则静了，不仅表面上的变化，实际上，最近茨格格大力表扬了好几件事，视频里，同学们努力向上的光影交错历历在目，班上同学无声为班级争了荣光。一条河流朝着它的前方前进，势头正好。

"比起靓丽而遥远的师姐来说，我还是更欣赏外柔而内刚的你。"
王子在自己的日记本中写道。他知道，送纸条已经毫无意义，只有不
断吃闭门羹。应该采取哪一种新的方式呢？他冥思苦想，又集他人之
力量，终于找到了一个听起来让人喜悦的日子，他又有新的动力了。

元旦节放假的时候，也是他的生日，他要举办一场盛大的聚
会，给她一个惊喜。

选地方、布置会场、订餐、采购食品，这些都是小事一桩。最
难办的是邀请哪些人？想啊想，他得做一个万全之策，滴水不漏。

首先，这个活动的名字就得选一个表面上是请班上的同学来参
加的，越平淡无奇越好，其次，又要显出发请柬的正式，最后，琉
璃必须是很自然到场。

高原给他透露了琉璃的好朋友名单，王子一方面生气，一方面
考虑要不要全部请来，过于明显的话，容易暴露目的。这个拿捏还
真是不易。

一切准备就绪，千算万算，琉璃元旦节放假那天根本去不了。
因为，她的妈妈来了。那个杳无音信、失散多年的母亲，竟然像个
笑话一样回来了。琉璃的思绪涌上心头。她早把自己看成一个孤
儿，像孙猴子一样自由生长。她想去看看，她为什么还记得回来，
还知道有自己这样一个女儿。

天出奇地冷了。南方现在也跟着北方一天比一天凛冽。琉璃的
心冻着似的。出了学校，她不愿意去舅妈家，偏偏舅舅打电话来
说，还是去他家，相聚。

这是相聚吗？人家的妈妈都是每周来接送，她上一次见过妈
妈，是什么时候？谁记得？人是有感情的动物，情感都没建立，只
剩下动物的关系了。

琉璃提前来到了舅舅家，陪舅妈去买菜。回到家，舅舅笑容满

面，说："琉璃，给你说个事。"琉璃心想，肯定不是什么好事。果然，舅舅说："琉璃，本来说好了，你妈妈今天午后到家的，可是，她今天打电话来说，说那边雪太大了，飞机、高铁都取消了，估计要推后几天到。"

琉璃回答："知道了，舅舅，我会理解的。"

"琉璃真善解人意。"舅舅夸奖道。

人心不善，天公都不作美。就让它随风而去吧。


王子因了琉璃的没到朝自己发了脾气。

琉璃因了妈妈的没到狠狠地继续怀疑人生。

一年的开始，却是他们苦难的相聚。

回到学校，才感觉学校才是自己唯一可以待的地方，但一想起王子最近的动向，又让她感到很不安。每天抽屉里不是放着巧克力，就是各种零食，自己从来就不知道啥时候放进去的，问高原，高原支支吾吾，也不透露。莫名其妙的纸条令人心惊肉跳。

她矛盾着，要不要找展颜去说。可是人家都说，要散发你的消息，告诉女生吧。展颜是靠得住的；展颜是靠不住的。最近，琉璃老感觉梦里有许多的陌生人朝自己走来，狂舞着。

第二天去教室的路上，都恍惚着。

上楼梯转弯的时候，琉璃忘了看，被一个突如其来的身影给撞上了，心口钻心的疼。

"对不起！"那个撞上他的矮个子男生直道歉。

"没事。"琉璃靠着墙，捂住胸口。

原来是两个男生不知做什么，一个追着另一个，牛一样跑。

"莽撞的娃儿吧，愣头愣脑的，撞到了你们要负责。大早上的，吃多了不消化，在走廊里跑什么跑，不是说，不能跑的吗？我要告诉你们班主任，你们是哪个班的？"从办公室出来的展颜一边过来扶了琉璃，一边大骂着。

"感觉怎样？要不要紧？"展颜关切地问道。

"过一会，应该就没事了。"

"什么叫过一会，现在疼得如何？"

"有点点疼。"琉璃望着展颜，无奈地挤出了一丝笑。

"你们俩，真是的……"展颜指着那两个男生，还想接着骂。

"算了，快要上课了。我们走吧。"

"来，记个名字。"展颜问了名字，记了下来，放他俩走了。

展颜把琉璃送进了教室，自己也回了教室。


第二节课后，琉璃正趴在桌上，准备闭目养神，后门传来熟悉的声音："琉璃，出来一下。"

琉璃抬起头，果然是宋名扬。

琉璃站起来，出了教室。高原立刻跑出了教室，找王子去了。

"我的意思是说，我们俩可以联合弄一个节目，参加省上的比赛，当然在不影响期末考试的情况下。"宋名扬见识了琉璃的舞蹈，把比赛的通知拿给琉璃看。

"参加不了，我没有精力。"琉璃明白自己的处境，她不想把他无谓地带进来。

"真正的比赛是在假期里，平常我们把节目和创意想出来，各自花点时间天天练着，完全没问题。"宋名扬劝导着。

"有问题，我真的没时间，我的学习还有一大截需要弥补……"

"学习上，我可以顺便帮你。"

"不用，我自己想办法。"琉璃都想哭了，难道还看不出来人家就是不愿意吗？

"好吧，可惜了。"宋名扬叹着气走开了。

六楼上，王子攥紧拳头说："难怪她找各种借口，原来是你在捣鬼。"

"据说那家伙各科学习成绩都很好，而且还多才多艺，尤其是舞蹈，在学校可是出了名的。"高原在一旁煽风。

"我管他呢，我让他尝尝我的厉害。"

"对了，对宋名扬，你可要小心，他不像董语灵，听说，他也是有背景的！"

"背景，我怕甚？"

怕甚？还别说，宋名扬低调，他可从来没有在外人面前炫过自己的家庭。他也是不怕事的。因为除了舞蹈，他从小还学过跆拳道。爸爸说，别轻易展示自己的格斗技术。他牢牢记住爸爸的话，不到万不得已，是不能施展的。

那一天，天气阴沉沉的。学校考完了试，开始放假了，王子找了几个人，在宋名扬必经的路上等着，想出其不意把他架到一个公共厕所打一顿。

宋名扬一出校门，就觉得有点不对劲，他又不确定，转念一想，什么事情值得跟踪，得罪了谁？自己向来小心行事。爸爸说，要随时观察周围的形势，要镇静，不要慌。他像没事人向前走着，那两个人一会儿走一会儿停，似乎很隐蔽的样子，完全没有注意到已经被宋名扬发现了。

他俩按照王子交代的，在靠近公共厕所五十米的样子，趁着没人，突然从两边夹击。当他俩左右各拉住宋名扬手的时候，却被宋名扬紧紧抓住了，没等他们反应过来，便被相互狠狠碰撞在一起。

他们完全没有料到对方有这么一手，惊讶、痛感一齐穿心而来。他俩坐在地上，哼哼。宋名扬蹲下来，问："谁让你们来的？"

"我们自己。"

"我和你们素不相识。"

"要不再来一下？"

"是你们年级（2）班的王子。"

"王子？"原来的传说还真不是传言，是真的，宋名扬一下子明白了琉璃婉言拒绝和自己参加比赛的原因了，是我错怪她了。

宋名扬请教了爸爸妈妈如何处置这件事情。于是，打电话和茨格格沟通，请了王子父母、宋名扬父母，还有茨格格三方在场，一起来解决。

王子爸爸和王子一起来了。到紫色大厅的时候，宋名扬爸爸妈妈、茨格格老师都到了。茨格格先发话，把事件经过陈述了一遍。

"不打不相识！责任在我们，需要我们做什么，我们全力配合。"王子爸爸笑着和宋名扬爸爸握了手。

"既然王子爸爸这样说了，那我也没什么意见，一定要好好教育自己的孩子，只是希望不要影响孩子们的学习。"

"好说！好说！"王子爸爸连忙说道。

王子爸爸带着王子现场给宋名扬爸妈道了歉。

王子爸爸一上车，变了脸色。

"哼，你妈养的好儿子，让我在人家面前脸都丢光了。"

"难道不是你养的好儿子？"

"我忙工作，没有时间来照顾你。"

"工作不是你应该做的？除了钱，和各种保姆，你关心过我吗？你陪伴过我吗？别人都是周末爸爸妈妈陪着去乡间田野，去亲近大自然，你有带过我一次自由自在地玩过吗？"

"反正以后你妈养你，你自己看着办！"

王子摔了车门，上了一辆出租车，远去。

# 低处 ———— 高处时

琉璃这个年没有去姥姥家，她选择在一家茶馆做寒假工，顺便自己学习。晚上回舅舅家去。

　　宋名扬比赛的那天，她偷偷去看了。

　　"跳得真好!"她还是很遗憾自己没有去，她不知道因为先前宋名扬来找她的一幕引发的事，直到又一个春暖花开的时节到来。

　　采儿转学了。寝室里的人根本没反应过来。

　　"转学，我们怎么都没有给她庆祝一下?"吴宗贝倒责怪起大家来，"难道没有人事先透露一点点信息?"

　　"她不是和你最好吗?"蔚蓝嘬着嘴。

　　"和我最好? 我看是和你最好。"


　　阴差阳错地，那天琉璃在厕所里，听到洗漱台两个女生在说着悄悄话："不知道琉璃是何方神圣，竟然迷得两个神仙人物打架!"

　　"听说，打人的反被别人打了，情节反转，比电影还好看!"

"还有更神奇的是，那个女生竟然根本就不喜欢他！"

"哈哈哈，王子来了，灰姑娘走了！"

"自作多情！"

"自作自受！"

"自……"

"啥时候一定指给我看看……"

两个女生自顾自唱着歌走了。


"身正不怕影子斜！"展颜宽慰琉璃说。

"众口铄金啊！"琉璃心里的苦，实在是苦不堪言。

"要不要找王子谈一谈？"

"不打自招，没有什么好说的。"

"找茨格格老师？"

"她已经处理了两次王子打人的事，而且我早就给她表明了，我根本没有喜欢过王子。"

"那怎么办？"

"清者自清！"

"清者自清？琉璃，你不知道，同学间的传言太可怕了！"

"转班！"锦琳琳加入进来。

"我又没有做什么，我转班，那不行！"

"我们倒是理解你，流言不会无端消失。"

三个人想了半天，也没有什么好办法。

琉璃愁苦极了，人影绰绰、树影绰绰，人生真的是"抽刀断水水更流，举杯消愁愁更愁"，一团乱麻，你不愿意进去，它却毫不留情网一大片，连着你。

她想起校园的最高清净处，她决定找个好时间自己去静静。

琉璃又熟悉地找到了台子。

可是，又有人捷足先登了。历史如此惊人的相似。

"谁?"一个声音问。

"我!"

"你?"

"我!"

"你上来做什么?"

"又不是你的地!"

"女孩子家家，这么危险的地方，不是你来的。"

"自知危险，为什么你要来?"

"校园的最高处，我要清楚看看人生的最高处，心底的最低处，到底是什么?"

"你看到了么?"

"看到了，一片黑暗。"

"远方不是一片光明?"

"那是远方的光明，又不是我的光明。"

"何必悲观?"

"你不也悲观吗?"

"我是来向上的。"

"向上，呵呵呵，就你向上，天天向上。我想追求向上，可别人不给机会哪! 知道我为什么喜欢你吗?"

"不知道!"

"干净。纯粹。我讨厌虚伪和复杂。有些人，表面上对你百依百顺，背后里说你坏话; 有些人，酒桌上称兄道弟，翻脸不认人; 有些人一旦走到高处，就忘了低处，我讨厌他们! 讨厌一切的一切! 尤其是我爸，他在家里什么也不做，把家里当作了职场，高高在上，天天说三道四，因为我经常和我妈吵架，前不久不知道看上了哪只狐狸精，竟然要和我妈离婚，这下好了，狐狸精把我爸实名告了。离！必须离！离个干干净净，离个彻彻底底！……"

"你的幸福在于有家，我都没有家。"

"没有家？他们不是说……"

"一个在传说中的妈妈和不存在的爸爸。我就是我自己。我也委屈、厌恨，甚至我都想从哪里跳下去，但是，在我们的身后，除了有几个人念一念、哭一哭，或者没有泪水，时间照样前进，世界分明运转。"

"只能靠自己。"

"我要自己的人生。"

"为我自己。"

岁月啊，你带走了多少少年成长的悲哀，你也带来了多少少年向上的善意。

上天啊，你偷听了这对纯真少年的天大秘密。

远方惊雷。


"琉璃，我是哥哥，原谅我这么唐突给你打电话。爸爸说，你长这么大了，就快要初三了，过去他没有照顾过你，希望未来他能够一直陪伴你身边。琉……璃，高中，回来读吧。……"

一个陌生的电话，一个从未出现在生命里的陌生男人，他，像一座千万年冰封的雪山，还能打动天上的星和月。

琉璃听着窗外远远的喧嚣声，感觉世界出奇的安静。大榕树展开的枝叶里，灯光的亮被渐渐分散开来，地下的根里，血液涌动，土地、阳光、雨露，陪伴了它年年岁岁、日日夜夜，无声的给予早已浸入了它。

然而，那些流淌在人类血液里不曾温暖、永远冰冷的词语，就让它们回到最初的位置。我的五谷杂粮和人情冷暖，继续滋养我的生命。

初三的校园里，各种花开得特别灿烂。蔷薇来了，在那面墙上，黄的、红的、白的、粉的、紫的，挨着挤着，天空成了衬托。女生一排排靠拢，闭了眼凑近、深呼吸，想把花香带走。蜜蜂一会儿钻进这朵，又换成那朵，嗡嗡嗡地转悠着，太阳的光都香腻了。三角梅，啥时候火了串串，流淌，如盖如伞，铺在玻璃喷泉中。

大树和草丛的葱郁比起往年任何一次都要幽深。琉璃想起空中飞舞的白色的绒绒小飞虫，姿态柔美，她从班级的埋头里抬起头来，想去找一找它们此刻的身影，正好迎着舒老师的眼神，那眼神像极了漂亮师姐的神采，执着、专注、生动，好像说了很多的话，又好像什么也没有说，望一眼，明媚如初。

大家紧张地复习着，做最后的冲刺。

琉璃想起初二下学期和舒老师的一次聊天，至今仍觉意味深长。那时，自己在漩涡里，无法自拔，或许，舒老师就是老天派来的天使，不断把自己往前方助推。她说："我向来觉得人生是一个漫长的过程，未来不可触摸，但是当我的妈妈去世后，我才发现，其实生命是很短暂的，所以对于自己的计划，要及时行动起来。实现本身就是一种快乐的过程。我们不能要求别人能给予什么，最要紧的是，你能感受到每一天的快乐和幸福，这样，你的每一天都是快乐幸福的……"

这个世界上，幸福有时候会突然降临。

上周星期二，宋名扬来找琉璃，拿了什么东西。

"你猜，我的手里有什么？"宋名扬把双手藏在身后，俏皮地问琉璃。

"不会是送给我的啥礼物？"琉璃想起久远的小人，有点自作多情了。

"你想多了，祝贺我吧！"宋名扬把名校录取通知书扬起来，在琉璃眼前晃了一下。

"恭喜恭喜，祝贺祝贺！"

"那里的美食多，到时我请你去吃！"

"看缘分喽！"这次轮到琉璃自己说了。

她明白，能够成为初中的好朋友，实属不易。至于会不会还是高中同学，那就真得看缘分了。顺其自然，就让这一切成为最好的回忆吧。

"我到时来看你，是可以的！"

"先热烈欢迎！我先一步在高中等你！"


"琉璃，你的信！" 身后突然传来文一二大叫的声音，把琉璃带回了此刻。

"这年头，还有信，稀奇！"文一二把信给了琉璃，像从未看过的稀奇古怪一样，用异样的眼光看着她。

琉璃也丈二和尚摸不着头脑，谁会给自己写信呢？她没有立即撕开信封，她想要这份实实在在的情感在手里升温。

当她仔细看时，地址是西藏的某处，她简直迷惑了。她从地理上知道西藏，也听去西藏旅游过的同学谈过西藏，但是，谁会从西藏无缘无故给自己写一封信呢？收信人栏明明白白写着：琉璃（收）。

琉璃，好陌生的名字啊。

琉璃，是自己吗？

"琉璃，我是阿牛哥。当你展开信时，我已经去西藏了。去西藏做军人是我一直以来的梦想，今天我做到了。踏上去西藏的列车，我的心就激动。西藏很美，不是从别人的嘴里和眼里，而是自己感受的。他们的信仰，叫一生朝拜，行数千里，用一步一步来丈量，历时数年，以心的坚毅为底色。琉璃，如果你看到这一幕，你一定会被他们的虔诚所感动的。"

"西藏的美，还有无限的美景。雪山，在遥远的天边连绵，山顶闪着金光。草原无垠，牦牛如星点点，花儿飘荡。海子像孩童的眼睛望穿你的心房，明亮。"

······

"琉璃，守卫这么美丽的地方，即使辛苦，也是人间值得的。人生的意义，不就是为自己的理想而托付的！"

"琉璃，你快初中毕业了吧，你的梦想是什么？希望你实现你的梦想！不！一定能实现你的梦想。努力，加油！阿牛哥祝你成功！"

生了，活着，好好活着。琉璃穿透白昼的白、黑夜的黑，看到一个个黎明醒来的模样。